D1694995

Hermann W. Gockel, Meine Hand in der Seinen

HERMANN W. GOCKEL

Meine Hand in der Seinen

CHRISTLICHES VERLAGSHAUS GMBH
STUTTGART

ABCteam

Bücher, die dieses Zeichen tragen, wollen die Botschaft
von Jesus Christus in unserer Zeit glaubhaft bezeugen.

ABCteam-Bücher erscheinen in folgenden Verlagen:
Aussaat Verlag Gladbeck / R. Brockhaus Verlag Wuppertal
Brunnen Verlag Gießen / Bundes Verlag Witten
Christliches Verlagshaus Stuttgart / Oncken Verlag Wuppertal
Schriftenmissions-Verlag Gladbeck

Titel der amerikanischen Originalausgabe
MY HAND IN HIS
Erschienen bei Concordia Publishing House, St. Louis
Übersetzt von Walter A. Siering, Berlin

2. Auflage 1983
© 1973 Christliches Verlagshaus GmbH, Stuttgart
Umschlagfoto: Hans Goersch, Stuttgart
Gesamtherstellung: Druckhaus West GmbH, Stuttgart
ISBN 3-7675-2688-3

Inhalt

6

Auch in unserer Zeit sollten biblische Wahrheiten durch Bilder und Gleichnisse anschaulich gemacht werden.

Dem Verfasser dieser Kurzgeschichten ist es gelungen, in warmherziger Sprache die Botschaft der Bibel verständlich zu machen und auf das Leben eines Christen anzuwenden. Man fühlt sich gleichsam an der Hand genommen, bekommt Mut zugesprochen und weiß sich auf Christus, den Herrn, hingewiesen.

Ein Wanderer im Schottischen Hochland sah in einer Schlucht wunderschöne Blumen wachsen. Einem Hirtenjungen, der in der Nähe war, versprach er eine Belohnung, wenn dieser ihm die Blumen pflücken würde. Er bot ihm an, ihn an einem Seil hinunterzulassen.

Doch der Junge sah den Fremden mißtrauisch an und verschwand, ohne ein Wort zu sagen, im Wald. Nach langer Zeit war er wieder da, aber mit seinem Vater. Jetzt war er bereit, sich abseilen zu lassen. Sein Vater würde das Seil halten.

Unser himmlischer Vater läßt es zu, daß unsere Füße in der Tiefe menschlichen Leidens an unzugängliche und gefährliche Stellen geraten. Aber wie tief das Tal oder wie steil der Abstieg auch sein mögen, wir dürfen uns allezeit darauf verlassen, daß wir in seiner Hand sind. Er hält das Seil!

Wir werden den Hügel der Trübsal nur so weit hinuntergehen, wie Gottes Liebe uns gehen läßt. Er kennt unsere Kraft. Er weiß auch um unsere Schwächen.

Noch ehe wir ins Tal hinab müssen, weiß Gott, welche »Blumen« wir mitbringen werden – welche Lektionen in Demut, in Wahrhaftigkeit, in Geduld. Er wird uns wieder nach oben bringen, sobald wir die Blumen gepflückt haben, deretwegen uns seine Liebe auf den Weg brachte.

Wenn es je einen Menschen gegeben hat, der

wußte, was es bedeutet, von den Höhen des Reichtums und des Glücks in die Schlucht bitterer Enttäuschung hinabzusteigen, dann war es David, der »Mann nach dem Herzen Gottes«. Es ist darum kein Wunder, daß David, als er einmal den Grund unter seinen Füßen wanken spürte, seine Augen hilfesuchend gen Himmel richtete und ausrief: »Meine Zeit steht in deinen Händen. Errette mich!« (Psalm 31,16).

So ist es den Gläubigen aller Zeiten ergangen. So kann es auch dir und mir ergehen. Im Vertrauen auf Gottes unabänderliche Zusagen und im Glauben der Frohen Botschaft darf ich meine Hand in Gottes Hand legen und wissen, daß er mich nie allein läßt.

Was für ein Trost, wenn es so aussieht, als ob mein Leben keinen Sinn und kein Ziel hat, wenn es scheint, als ob ich von einem blinden, erbarmungslosen Schicksal herumgestoßen werde und ich mich dann erinnern darf, daß meine Hand in der Seinen liegt! So bin ich für alle Zeiten sicher. Seine allmächtige Hand wird mich halten. Seiner liebevollen Hand kann mich nichts entreißen. Sie wird mich sicher führen.

> Ich vertraue dir, Herr Jesu,
> ich vertraue dir allein;
> in dir wohnt der Gnaden Fülle,
> da kann ich selig sein!

»Meine Sünde ist immer vor mir!«

Eine junge Christin kam zu ihrem Pastor mit einem Problem, das sie verwirrte. Obwohl sie regelmäßig zum Gottesdienst gegangen war und täglich gebetet hatte, konnte sie nicht das Empfinden sie belastender Sünde loswerden.

»Wie kann es nur sein«, fragte sie, »daß meine Freundinnen, die nie zur Kirche gehen und offen zugeben, nie ernsthaft geglaubt zu haben, von keinem Schuldbewußtsein geplagt werden?«

Dem Pastor war das Problem nicht neu. »Was meinen Sie«, antwortete er, »wenn ich auf einen Leichnam hundert Pfund Eisen legen würde, kann der Leichnam diese Last spüren?«

»Nein, natürlich nicht.«

»Warum nicht?«

»Weil ein Leichnam kein Leben hat.«

»Genau!« erwiderte der Pastor. »Darum kann ein Mensch, der geistlichen Bedürfnissen gegenüber völlig gleichgültig ist, sagen, daß er das Gewicht der Sünde nicht spürt; denn er ist geistlich tot.«

Darum ist ein Christ sich seiner persönlichen Unwürdigkeit vor Gott, seiner Sündhaftigkeit, mehr bewußt, als es je ein Ungläubiger sein kann.

David, der Mann Gottes, mußte zugeben: »Ich erkenne meine Missetat, und meine Sünde ist immer vor mir« (Psalm 51, 5). Der Apostel Paulus, den Gott zur Ausbreitung des Evangeliums so sehr gebrauchte, mußte klagen: »Denn ich weiß, daß in mir nichts Gutes wohnt. Ich elender Mensch!« (Römer 7,18. 24).

Das Empfinden des Christen für Sünde ist also keineswegs verwunderlich. Ein Mensch, der durch die Dunkelheit geht, wird die Schmutzflekken an seinem Körper nicht wahrnehmen. Sobald er aber ins Licht tritt, muß er sie bemerken.

Ein Christ wandelt im Licht. Je näher er dem »Licht des Lebens« kommt, desto stärker werden ihm seine unreinen Kleider bewußt.

Die Gedanken, die sich diese junge Frau über ihre Sünden machte, waren keineswegs ungewöhnlich. Im Gegenteil, ihre tiefe Besorgnis gilt als Zeichen dafür, daß der Geist Gottes an ihrem Herzen arbeitete. Trotzdem aber hatte sie keinen Anlaß zur Sorge. Denn die Bibel, die ihr sagt, daß sie im Licht Gottes eine Sünderin sei, sagt ihr auch: »Wenn uns unser Herz verdammt, ist Gott größer als unser Herz und erkennt alle Dinge« (1. Johannes 3,20).

Gott, der größer ist als unser Herz, sieht uns nicht in unseren Sünden, sondern in Jesus Christus. Darum kann uns der Apostel Paulus versichern: »So gibt es nun keine Verdammnis für die, die in Christus Jesus sind« (Römer 8,1).

Sünder? Ja, aber Sünder, denen vergeben ist. Vergeben durch Jesus Christus.

Das Geheimnis der offenen Tür

Es geschah vor vielen Jahren an einem kühlen Oktobermorgen in einem englischen Küstenort. Ein Pastor besuchte einen Schuhmacher in seiner Werkstatt. Er beobachtete, wie dieser das Leder mit dem Hammer bearbeitete, und vernahm, daß der Mann ein Lied vor sich hinsummte. Der Pastor sah sich in der dunklen, kleinen Werkstatt um: ein beengter Raum mit vollgestopften Regalen.

Er bewunderte den Mann, der so zufrieden zu sein schien, und fragte ihn: »Wird Ihnen das eingeengte Leben hier nie zuviel? Tag für Tag immer dasselbe in diesem engen, vollgestopften Raum?«

Der Schuhmacher ging zur rückseitigen Tür, öffnete sie weit und sagte: »Immer, wenn ich mich bedrückt fühle, Herr Pastor, öffne ich einfach diese Tür.«

Als die Tür aufging, hatte sich der Raum mit einem hellen Schein gefüllt. In einem Augenblick wurde die vollgestopfte, kleine Werkstatt Teil der endlosen Weite, mit der sie nun verbunden war, vergoldet von den Feldern, den Wiesen, den Bäumen und Sträuchern.

Ist es mit dem Leben nicht ähnlich? Wir alle stehen in Gefahr, hinter den verschlossenen Türen unserer gegenwärtigen Umstände zu leben, Tag für Tag die gleichen Wände anzustarren – die Wände unserer Gedanken, die wir mit unseren »unüberwindlichen« Problemen tapeziert haben.

Welch ein Unterschied, wenn wir die Tür öffnen und unser Leben mit Gottes Willen in Einklang bringen, mit dem ganzen Panorama seiner Liebe und Schönheit, wie sie uns in Jesus Christus sichtbar wird. Welch ein Wandel, wenn die frische Luft und das Sonnenlicht der Ewigkeit die dunklen und engen Behausungen der Zeit durchfluten können!

Sehen unsere Probleme heute für uns zu schwer aus? Engen die Mauern des Lebens uns ein? Wollen sie allen Glauben und alle Freude und alle Hoffnung abweisen? Öffne die Tür! Schau hinaus – sieh nach oben – blicke in die unermeßliche Größe der Liebe Gottes!

Am fernen Horizont sehen wir die Worte unverbrüchlicher Gewißheit: »Ist Gott für uns, wer mag wider uns sein? Welcher auch seines eigenen Sohnes nicht hat verschonet, sondern hat ihn für uns alle dahingegeben; wie sollte er uns mit ihm nicht alles schenken?« (Römer 8, 32). Dazu gehört auch die innere Freude, die Ihr Herz ausfüllen will.

Liebe, die mich gefunden hat

Ein fünfjähriger Junge hatte sich in den Bergwäldern seiner Heimat verirrt. Dorfbewohner und Polizei hatten bis zur Erschöpfung fast jeden Winkel durchsucht, ihn aber nicht gefunden. Es begann zu schneien. Lage auf Lage des glitzernden, weißen Schnees bedeckte die Felder und Wälder.

Am nächsten Morgen stieß der übermüdete, von der nächtlichen Suche völlig erschöpfte Vater auf seinem Weg gegen einen Schneehaufen, der wie ein Holzstamm aussah. Aber als der Schnee abfiel, reckte sich ein kleiner Junge, gähnte, setzte sich auf und rief: »Ach Vati, endlich habe ich dich gefunden!«

Nanu – *wer* hat *wen* gefunden?

Der kleine Robert mochte in seiner Freude des Wiederfindens sagen: »Ach Vati, endlich habe ich dich gefunden!« Aber der ältere Mann wußte, daß er es gewesen war und nicht Robert, der gesucht und gefunden hatte.

Manchmal sprechen Menschen ähnlich über das Gottfinden, von der Suche nach Sicherheit, der Entdeckung des Göttlichen.

Doch es ist nicht Gott, der verlorenging, sondern wir! Ebensowenig sind wir es, die Gott gefunden haben. Es war Gott, der uns fand. In dem wertvollen Kapitel vom verlorenen und gefundenen Sohn im Lukasevangelium (Kapitel 15) waren das Schaf verloren und nicht der Hirte; der Groschen und nicht die Frau; der verschwenderische Sohn und nicht sein Vater.

Wenn wir heute zur Gemeinde Christi gehören, dann nicht wegen unserer eigenen Entscheidung. Gott hat sich für uns entschieden. Er hat uns gefunden – weit draußen, und er brachte uns herein.

Wenn je ein Mensch das Recht gehabt hätte zu sagen, er habe »Gott gefunden«, dann wäre es wohl Martin Luther gewesen. Aber was sagte er? »Ich glaube, daß ich nicht aus eigener Vernunft noch Kraft an Jesus Christus, meinen Herrn, glauben oder zu ihm kommen kann, sondern der Heilige Geist hat mich durch das Evangelium berufen.« Nicht Luther hat Gott gefunden. Gott fand Luther und machte ihn durch die Kraft seines Geistes und die Wirksamkeit seines Wortes zu einem vollmächtigen Zeugen seines Willens.

Wenn wir heute die Wunder der Liebe Gottes bedenken, wie sie im Evangelium offenbart sind, danken wir Jesus dafür, daß er in die Nacht hinausgegangen ist und uns ins Licht gebracht hat. Die Entfernung zwischen Gott und Mensch ist nur von Christus überbrückt worden!

Wir sind nur deswegen nicht verloren, weil Gott uns gefunden hat! »Darin steht die Liebe«, sagt Johannes, »nicht, daß wir Gott geliebt haben, sondern daß er uns geliebt hat« (Johannes 4,10).

Es wird erzählt, daß die Engländer während der Schlacht von Waterloo auf ein System von Flaggensignalen angewiesen waren, um über den Stand der Schlacht etwas zu erfahren. Eine der Signalstationen befand sich auf dem Turm der Kathedrale von Winchester.

Gegen Abend signalisierten die Flaggen: »Wellington vernichtet!« Gerade in diesem Augenblick verdeckten plötzlich aufgekommene Nebelschwaden das Signal. Die Nachricht von einer angeblichen Katastrophe verbreitete sich mit Windeseile durch die Stadt. Viele Menschen fielen in Verzweiflung. Doch plötzlich lichtete sich der Nebel, und der Rest der Botschaft wurde erkennbar. Da wurden nämlich nicht nur zwei Worte signalisiert. Es waren vier. Die vollständige Nachricht lautete: »Wellington vernichtet den Feind.« Innerhalb eines Augenblicks wurde die Trauer in Freude verkehrt, die Niederlage in Sieg.

So war es, als Jesus an jenem ersten Karfreitag im Grab lag. Selbst in den Herzen seiner engsten Anhänger war alle Hoffnung erstorben. Nach der schrecklichen Kreuzigung hatte sich der Nebel der Enttäuschung über die wenigen Getreuen gelegt. Sie hatten nur einen Teil der göttlichen Botschaft gelesen. »Christus vernichtet!« Das war alles, was sie wußten.

Aber am dritten Tag hob sich der undurchdringliche Nebel der Verzweiflung, und der Welt wurde die vollständige Botschaft mitgeteilt. Nicht Niederlage, sondern Sieg. Nicht Tod, sondern Leben. Denn die Osterbotschaft war ein triumphaler Ruf: »*Christus vernichtet den Tod!*«

In Gottes Erlösungsplan gehören Karfreitag und Ostern zusammen. Paulus schrieb an die Christen in Rom, daß Christus »um unserer Sünde willen dahingegeben ist und um unserer Rechtfertigung willen auferweckt« (Römer 4,25).

Am Karfreitag wurde der Heiland als das Sündopfer für die Sünden aller Menschen geopfert (»um unserer Sünden willen dahingegeben«). Aber am Ostermorgen erweckte der Vater im Himmel seinen Sohn, um allen Menschen überall zu verkünden, daß er die Zahlung seines Sohnes für die Ungerechtigkeit der Welt angenommen hat (»um unserer Rechtfertigung willen auferweckt«).

Ostern ist ein Tag des Triumphes, ein Tag, an dem der Sohn Gottes siegreich über Sünde und Tod, Hölle und Grab hervorging.

> Jesus lebt, mit ihm auch ich!
> Tod, wo sind nun deine Schrecken?
> Jesus lebt und wird auch mich
> von den Toten auferwecken.
> Er verklärt mich in sein Licht:
> Dies ist meine Zuversicht.

Die Schönheit liegt verborgen

Es war ein heißer Sommertag. Zwei Oberschülerinnen hatten den größten Teil des Sonntagnachmittags damit verbracht, durch die Innenstadt zu schlendern. Plötzlich standen sie direkt vor dem Eingang einer großen Kirche. Sie sahen auf die hohen Buntglasfenster, auf die ihr Kunstlehrer sie schon aufmerksam gemacht hatte.

Eines der Mädchen blieb kurz stehen und meinte: »Nichts Besonderes dran. Nur eine Menge schmutziges Glas.« Eine kleine, ältere Frau, die die Bemerkung gehört hatte, trat zu den Mädchen und sagte: »Man kann die Schönheit eines Buntglasfensters nicht von außen beurteilen. Warum geht ihr nicht hinein?«

Die Mädchen gingen hinein – und ehe sie sich versahen, standen sie regungslos und ganz benommen in der Kirche. Ihre Blicke »badeten« sich in einer Symphonie von Farben, die sich aus den Buntglasfenstern ergossen. Die ältere Frau hatte recht gehabt: Man kann die Schönheit eines Buntglasfensters nicht von außen beurteilen.

Dasselbe gilt von der Bibel. Wenn man wirklich wissen will, ob sie Gottes Wort ist, gibt es nur einen Weg, das herauszufinden: Man muß »hineingehen«. All die Argumente, logischen Prüfungen und zwingenden Beweise, die sich auf historische Untersuchungen gründen, bedeuten nicht annähernd soviel, wie das Lesen des Buches selbst.

Ein Beweis dafür, daß uns die Bibel von Gott gegeben ist, kann nicht von Menschen erbracht werden. Das ist eine Überzeugung, die der Heilige Geist jenen gibt, die »hineingehen«, die das Buch lesen und sich unter seinen Einfluß stellen.

Natürlich gibt es auch Zeugnisse dafür, daß durch die Bibel Gott zu den Menschen redet. Mehr als zweitausendmal kommt der Begriff »Wort Gottes« in ihr vor. Immer wieder haben sich die Verheißungen der Bibel erfüllt. Wo immer die Bibel ernstgenommen wurde, hat sie Spuren des Segens hinterlassen. Nirgendwo sonst wird uns so einfach ein Weg aus der Sünde gezeigt wie in dem schlichten Bibelvers Johannes 3,16.

Das alles sind Erweise, die zeigen, daß die Bibel Gottes Wort ist. Doch genauso wie bei den beiden Oberschülerinnen, von denen wir eben hörten, kann man über alle diese »Beweise« diskutieren und dabei außerhalb des Buches stehen – und somit den besten Beweis verpassen: das Zeugnis des Heiligen Geistes durch das Wort selbst.

Der Apostel Petrus sagt uns, daß wir nicht durch Argumente über die Bibel wiedergeboren werden, sondern »aus dem lebendigen Wort Gottes, das da bleibt ... Das ist aber das Wort, welches unter euch verkündigt ist« (1. Petrus 1,23.25).

Die unvollendete Predigt

Herr Matthäus war kein großer Kirchgänger. Gleich vielen anderen Männern ließ er seinen Glauben von seiner Frau wahrnehmen. Das erklärt, warum er an einem gewissen Sonntagmorgen gemütlich zu Hause saß, während seine Frau den Vormittagsgottesdienst besuchte.

Es war kurz vor Mittag, als plötzlich heftiger Regen einsetzte. Als pflichtbewußter Ehemann zog Herr Matthäus seinen Regenmantel an, griff nach einem Schirm, sprang in das Auto und fuhr zur Kirche, um seine Frau abzuholen.

Als er auf die Kirchentür zueilte, begegnete ihm eine ältere Dame, die gerade herausgekommen war. »Ist die Predigt zu Ende?« fragte er.

»Nein«, antwortete die freundliche ältere Dame. »Die Predigt ist nur *halb* zu Ende. Der Pastor hat sie *gepredigt*. Jetzt gehe ich nach Hause, um sie zu *tun*.«

Das sind gewissermaßen die beiden Teile jeder gottwohlgefälligen Predigt. An erster Stelle sollen wir *hören*, an zweiter Stelle sollen wir *tun*, was wir gehört haben, es in die Tat umsetzen. Zu viele Predigten hören nach dem ersten Teil auf. Eigentlich werden sie nie beendet. Oder, um bei der Ausdrucksweise der Dame zu bleiben, sie werden niemals *getan!*

Der Apostel Jakobus hat etwas über Leute zu sagen, die sich mit unvollendeten Predigten zufriedengeben. »Denn so jemand ist ein Hörer des Worts«, sagt er, »und nicht ein Täter, der ist gleich einem Mann, der sein leiblich Angesicht im Spiegel beschaut. Denn nachdem er sich beschaut hat, geht er davon und vergißt von Stund an, wie er gestaltet war« (Jakobus 1, 23. 24).

Das In-den-Spiegel-Schauen wird niemals einen Fleck aus unserem Gesicht entfernen oder unsere Kleidung ordnen. Dem Schauen muß das Tun folgen. Wenn man Sonntag für Sonntag die Predigt hört, wird dadurch noch kein Hungriger gesättigt, kein Bedürftiger befriedigt, keinem anderen der Trost des Evangeliums weitergesagt. Aus dem Hören muß sich das *Tun* ergeben.

Das Schlimme an weiten Teilen unseres kirchlichen Lebens heute ist der Mehltau der unvollendeten Predigt – der Predigt, die mit Hören anfing, aber niemals zum Tun kam.

Nur zu oft ist das »Amen« des Pastors mißverstanden worden, als bedeute es: »Es ist zu Ende.« In Wirklichkeit bedeutet es ja: »Es ist wahr.« Und weil das Wort, das wir gehört haben, wahr ist, können wir uns darauf verlassen. Wir können hinausgehen und danach *handeln*. Wir können es an jedem Tag *leben*.

Von der Last getragen

Ein Biologe berichtet, daß er einmal eine Ameise beobachtet habe, die einen Strohhalm schleppte, der für sie viel zu schwer zu sein schien. Die Ameise kam an einen Erdspalt, der zu weit war, um hinüber zu gelangen. Sie hielt eine Weile still, als wäre sie von der Situation bestürzt. Dann bugsierte sie den Strohhalm über den Spalt und lief darauf hinüber.

Wenn doch auch wir so klug wären wie jene Ameise! Wir reden viel von den Lasten, die wir tragen müssen. Aber haben wir schon jemals daran gedacht, unsere Lasten zur Brücke zu machen, uns von unseren Lasten tragen zu lassen?

Der Apostel Paulus hatte das Geheimnis gelernt, von seiner Last getragen, statt von ihr niedergedrückt zu werden. Er wurde von einem körperlichen Leiden geplagt, von dem wir nichts Genaues wissen. Aber als er es als Teil des guten und gnädigen Willens Gottes über seinem Leben erkannt hatte, rief er aus: »Darum will ich mich am allerliebsten rühmen meiner Schwachheit, auf daß die Kraft Christi bei mir wohne. Wenn ich schwach bin, so bin ich stark« (2. Korinther 12, 9. 10). Wenn jemals ein Mensch gelernt hat, seine Lasten in Brücken zu verwandeln, dann war das der Apostel Paulus. Selbst die ihm zugefügten Schläge und Gefangenschaften verwandelte er in offene Türen für das Evangelium.

Jeder Mensch, der im Tod Jesu Christi das ewige Leben gefunden hat, kann seine Lasten in Brücken verkehren – Brücken, die aus der Dunkelheit der Verzweiflung, der Sinnlosigkeit des trüben Daseins in ein sinnvolles und reiches Leben führen.

Manche der heitersten und strahlendsten Persönlichkeiten sind Menschen gewesen, die Gott mit schwersten Kreuzen belegt hatte; und manche, die für das Reich Gottes die größten Siege errungen haben, waren Menschen, deren Siegesursache in dem ihnen auferlegten Kreuz lag.

Wer Christus kennt, kennt die Liebe Gottes. Und wer die Liebe Gottes kennt, weiß um die immerwährende Gemeinschaft mit ihm. Im Licht dieser Gewißheit wird jede Last leichter.

Haben wir die Liebe Gottes in Christus kennengelernt? Haben wir die Zusicherung seiner Gnade erfahren? Dann sagt er auch uns, was er einst zu Paulus sagte: »Laß dir an meiner Gnade genügen, denn meine Kraft ist in den Schwachen mächtig« (2. Korinther 12, 9).

Mit dieser tragenden Gnade werden wir in der Lage sein, alle Lasten in Brücken zu verwandeln.

Er ist doch mein Bruder!

Es war in der Dämmerung des Heiligen Abend. Der Pastor kehrte gerade von einem Besuch in der Nähe seines Hauses zurück, da überholte er einen zwölfjährigen Jungen, der langsam durch den Schnee stapfte und seinen fünfjährigen Bruder auf dem Rücken trug.

Der ältere Bruder japste nach Luft. Sein hörbarer Atem war in der klaren kalten Winterluft zu sehen. Die Last auf dem Rücken der jugendlichen Schultern war fast zu schwer.

»Eine ziemliche Ladung für einen kleinen Jungen«, sagte lächelnd der Pastor.

Der rotwangige Knabe sah in das freundliche Gesicht des älteren Herrn und stieß zwischen unregelmäßigen Atemzügen hervor: »Ach, der ist nicht zu schwer. Er ist doch mein Bruder!«

Für einen Augenblick blieb der Pastor wie angewurzelt stehen. Und während der Junge im Grau der zunehmenden Dämmerung verschwand, schüttelte der Pastor ungläubig den Kopf und dachte: Was für ein Predigtthema! *Er ist nicht zu schwer. Er ist doch mein Bruder!*

Wie anders sähe unsere Welt aus, wenn wir alle unsere christliche Bruderschaft so ernst nehmen würden, wenn jeder bereit wäre, jedes menschliche Wesen als seinen Bruder anzusehen, als ein würdiges Objekt seiner Liebe.

Wie anders sähe unsere Gemeinde aus, wenn

wir jeden Mitgläubigen wirklich als Schwester oder Bruder in Christus betrachten würden. »Bleibet fest in der brüderlichen Liebe«, ermahnt uns die Schrift (Hebräer 13,1). »Habt die Brüder lieb«, ermutigt uns Petrus (1. Petrus 2,17). Und der Apostel Paulus schrieb einmal an die Glieder dieser Bruderschaft: »Einer trage des andern Last, so werdet ihr das Gesetz Christi erfüllen« (Galater 6,2).

Derjenige, dessen Herz vom Bewußtsein christlicher Bruderschaft täglich erwärmt und gestärkt ist, kann seinen Mitmenschen in Not auf die Schultern nehmen, auf Gott sehen und sagen: »Er ist nicht zu schwer, Vater. Er ist doch mein Bruder.«

Wollen wir jedoch das Wunder sehen, das solche selbstlose Liebe möglich macht, müssen wir im Geist immer wieder zur Krippe in Bethlehem und ans Kreuz von Golgatha treten. »Darin steht die Liebe«, sagt die Bibel, »nicht, daß wir Gott geliebt haben, sondern daß er uns geliebt hat und gesandt seinen Sohn zur Versöhnung für unsere Sünden. Ihr Lieben, hat uns Gott so geliebt, so sollen wir uns auch untereinander lieben« (1. Johannes 4,10.11).

Gott sei Dank für den Papierkorb!

»Ein kluger Gebrauch des Papierkorbs«, sagt ein bekannter Redakteur, »ist das Geheimnis aller erfolgreichen Redaktionsarbeit.« Vielleicht weiß nur der, der mehrere Jahre als Redakteur gearbeitet hat, wie sehr diese Behauptung tatsächlich zutrifft.

Aber ein kluger Gebrauch des Papierkorbs ist nicht nur das Geheimnis erfolgreicher Redaktionsarbeit; in gewissem Sinn ist es auch das Geheimnis eines erfolgreichen Lebens.

Das Leben vieler Menschen ist mit Abfall belastet, der schon längst hätte beiseite gelegt oder in den Papierkorb geworfen werden müssen. Alte Sorgen, dummer Groll und schwelender Verdruß, die längst vergessen sein sollten, werden oft festgehalten und von Tag zu Tag genährt, als ob man Angst hätte, sie verlieren zu können.

Es gibt nur einen Platz für die sinnlosen Pikiertheiten, für die eiternden Fehden, für den schwelenden Groll von gestern: den Papierkorb! Wir dürfen den unheiligen Regungen von gestern nicht erlauben, die Luft eines frischen Heute oder eines neuen Morgen zu verpesten!

Welch ein Unterschied würde das im Leben einer manchen Familie, in mancher Gemeinde, in manchem Büro und mancher Fabrik ausmachen, wenn ein jeder gelernt hätte, sich mit dem Sonnenuntergang von allen unwerten Gedanken und niederträchtigen Gefühlen zu lösen. »Lasset die Sonne nicht über eurem Zorn untergehen«, sagt uns die Bibel, »und gebet nicht Raum dem Teufel« (Eph. 4, 26. 27).

An einer anderen Stelle der Schrift wird uns gesagt: »Lasset uns ablegen alles, was uns beschwert, und die Sünde, die uns ständig umstrickt« (Hebräer 12, 1). Das heißt doch: Wir sollen die uns bedrängenden Sünden – unsere Lieblingsversuchung, unsere Lieblingsvorurteile, unsere Lieblingsklagen und unsere Lieblingssorgen – nicht von einem Tag in den anderen schleppen. Mit Gottes Hilfe dürfen wir uns ihrer entledigen.

Der Mensch ist wirklich glücklich, der gelernt hat, ärgerliche Gedanken und niedrige Wünsche, die sich in seinem Herzen von Tag zu Tag aufhäufen, »abzulegen« und zu »vergessen« und jeden neuen Morgen frei von der Last von gestern zu beginnen.

Der Apostel Paulus wußte etwas von dem gesegneten Gebrauch eines Papierkorbs im geistlichen Leben. »Ich vergesse, was dahinten ist... und jage nach dem vorgesteckten Ziel« (Philipper 3, 13. 14), sagte er.

Was für ein ausgezeichneter Gedanke am Beginn eines jeden neuen Tages!

Ich hörte die Geschichte einer Frau, die zu ihrem Pastor ging und bekannte, daß sie sich eines lieblosen Geschwätzes schuldig gemacht habe. Sie fragte, ob es nichts gäbe, das sie als Wiedergutmachung tun könne für das Böse, das sie angerichtet habe.

Nach einem Augenblick des Nachdenkens bat der Pastor die beunruhigte Frau, ihn auf den Kirchturm zu begleiten. Dort riß er ein altes Federkissen auf und setzte es dem Winde aus. Innerhalb weniger Minuten war das Kissen leer, und die leichten Federn trieben über die ganze Nachbarschaft, einige hierhin, andere dorthin, aber die meisten waren dem Blickfeld der Frau auf dem Kirchturm schon längst entschwunden.

Der Pastor wandte sich nun an die überraschte Frau und beauftragte sie, in die Nachbarschaft zu gehen und all die Federn wieder einzusammeln und in das Kissen zurückzustecken. Das war natürlich ein unmöglicher Auftrag. Er sollte nur deutlich machen, wie unmöglich der Wunsch der Frau war, all die gedankenlosen Worte und das böse Geschwätz zurückzuholen, die sie ausgesprochen hatte.

Es liegt in der Natur des bösen Redens, daß es in der Regel zu einer befriedigenden Wiedergutmachung keinen Weg gibt. Wenn jemand eine Mark gestohlen hat, kann er sie ganz zurückzahlen.

Aber wenn er ein bösartiges Gerücht in Umlauf gesetzt hat, mag er das noch so sehr bereuen und alles daransetzen, seine Ausbreitung aufzuhalten. Er wird entdecken, daß das Gerücht Flügel bekommen und sich an tausend Stellen niedergelassen hat. Die meisten liegen außerhalb seiner Reichweite.

Obwohl es keine Möglichkeit gibt, den Schaden, den ein gedankenloses Geschwätz angerichtet hat, völlig wiedergutzumachen, gibt es doch – Gott sei's gedankt – einen Weg, die belastete Seele von der Schuld des Geschwätzes zu befreien. Er, der seinen »Mund nicht öffnete«, als er für die Sünden der Menschheit starb, hat uns eine wunderbare Vergebung gewonnen. Das gilt auch, wo wir in menschlicher Fehlbarkeit unseren Mund da geöffnet haben, wo wir ihn hätten geschlossen halten sollen.

Sicherlich haben wir alle Ursache zu beten:

»Hilf, daß ich rede stets, womit ich kann bestehen;

laß kein unnützlich Wort aus meinem Munde gehen;

und wenn in meinem Amt ich reden soll und muß,

so gib den Worten Kraft und Nachdruck ohn' Verdruß.«

Da war ein Bauernjunge, der seine erste Fuhre Heu in die Stadt fahren sollte. Er hockte hoch oben auf dem Heuberg, der sich auf dem Wagen auftürmte und an beiden Seiten überquoll, und lenkte seine Pferde mehrere Kilometer weit über die Landstraße, bis er an eine alte, überdachte Brücke kam.

Die Brücke war lang. Weil sie außer ihrem hölzernen Dach auch hölzerne Wände hatte, sah sie wie ein dunkler Tunnel aus. Der Junge hielt die Pferde an und ließ seine Blicke an den Wänden entlang zum anderen Ende schweifen. Die Wände schienen auf das Lichtloch am anderen Ende hin immer niedriger und enger zu werden.

Dann sah er abschätzend die Ladung an, die er befördern sollte.

Nach einigen Augenblicken des Überlegens schüttelte er seinen Kopf und sagte: »Das schaff' ich nicht. Das andere Ende ist zu eng.« Er setzte zurück und fuhr wieder nach Hause.

Natürlich war der Junge das Opfer einer optischen Täuschung geworden. Wäre er weiter gefahren, hätte er herausgefunden, daß die überdachte Brücke am anderen Ende genauso hoch und weit war wie an dem Ende, an dem er stand.

Das Leben ist voll von optischen Täuschungen. Am Anfang vieler neuer Tage fragten wir uns, als wir an den Wänden der vor uns liegenden Stun-

den entlangsahen, wie wir jemals unsere Last bis
an das Abendende der Brücke bringen sollten.
Aber als der Abend kam, fanden wir, daß der gleiche Herr, der am Eingang des Tages bei uns gewesen war, auch noch an seinem Ende da war. Immer und immer wieder, wenn wir die Last eines
beendeten Tages beiseite legten, erlebten wir die
geistliche Erfüllung des Prophetenwortes: »Um
den Abend wird es licht sein« (Sacharja 14,7).

Und wie oft hat mitten in der Nacht, wenn wir
den dunklen Tunnel der Stunden vor uns ent-
langschauten, unser schwacher Glaube darum
gebangt, ob die Sonne noch einmal aufgehen und
ihr Morgenlicht unsere Probleme lösen würde.
Der Morgen kam, und wir erfuhren die Wahrheit
des Psalmwortes: »Wenn ich erwache, bin ich
immer noch bei dir« (Psalm 139,18). Oder unser
Herz wurde durch die starke Zusage getröstet:
»Die Güte des Herrn ist alle Morgen neu« (Klage-
lieder 3,22.23).

Ganz gleich, an welchem Ende der Brücke wir
stehen. Wir dürfen sicher sein: Unser Gott ist an
beiden Enden! Durch Jesus Christus haben wir gelernt, daß er nicht nur der Gott der Weisheit und
der Stärke ist, sondern auch der Gott der Liebe,
der Gnade und des Erbarmens.

Krumme Flüsse

Ein kleiner Junge, der sein erstes Erdkundebuch durchblätterte, fragte seine Mutter: »Warum eigentlich sind alle Flüsse so krumm?«

Die Antwort ist einfach: Flüsse verlaufen gekrümmt, weil sie dem Weg des geringsten Widerstandes folgen.

Die gleiche Regel gilt für die Menschen. Unser Leben verläuft in der Regel nicht deswegen gekrümmt, verschroben und außer Rand und Band, weil wir uns absichtlich vorgenommen haben, daß es so sein soll, sondern vielmehr deshalb, weil wir nicht den Mut aufbringen, die vielerlei Versuchungen und Schwierigkeiten zu überwinden, denen wir täglich immer wieder begegnen.

Es ist ja auch viel leichter, Geschwätz anzuhören, als es zu beenden, viel leichter, eine Lüge auszusprechen, als die Wahrheit und deren Konsequenzen auf sich zu nehmen. Es ist so viel leichter, am Sonntagmorgen eine Stunde länger im Bett zu bleiben, als aufzustehen und in die Kirche zu gehen; so viel leichter, es sich mit der Abendzeitung im Sessel bequem zu machen, als die Bibelstunde aufzusuchen.

Ähnlich dem Fluß, der sich um die Felsblöcke und Kanten herumwindet, um seinen trägen Weg durch weichen Sand fortzusetzen, finden wir es auch viel leichter, die Dinge zu tun, die die geringste Anstrengung von uns erfordern.

Ist es darum ein Wunder, daß so manches Leben gekrümmt verläuft? Ist es ein Wunder, daß Gott sagen muß, wenn er das Leben der Menschen ansieht und es mit den Forderungen seiner Gebote vergleicht: »Sie sind alle abgewichen.., da ist keiner, der Gutes tut, auch nicht *einer*« (Psalm 14, 3)?

Ähnlich den Flüssen im Erdkundebuch des kleinen Jungen ist manches Leben schrecklich gekrümmt – es wendet sich nach links und dann nach rechts, wenn Gott befiehlt, geradeaus zu gehen.

Es gibt nur eine Hoffnung für so ein verbogenes Leben, und das ist Jesus Christus. Er kann alle krummen Wege gerade machen und alle Unebenheiten ebnen (Jesaja 40, 4). Darum: Sieh auf Jesus! Vertraue dich ihm an.

Bitte nicht stören!

Wir gingen den Flur unseres Hotels entlang. Es war Sonntagmorgen kurz nach neun Uhr. An allen Türen sahen wir das bekannte Schild: »Bitte nicht stören!«

Bringt dieses kleine Schild nicht die Haltung vieler Menschen gegenüber Christus und seinem Evangelium zum Ausdruck?

Nicht nur am Sonntagmorgen, sondern in jeder Stunde eines jeden Tages steht der Sohn Gottes vor den Herzen der Menschen mit seiner Einladung und seinem gnädigen Versprechen: »Siehe, ich stehe vor der Tür und klopfe an. So jemand meine Stimme hören wird und die Tür auftun, zu dem werde ich eingehen und das Abendmahl mit ihm halten und er mit mir« (Offenbarung 3,20).

Und zu jeder Stunde antworten Menschen auf diese Einladung des Heilandes, indem sie auf das kleine Schild an ihrer Herzenstür weisen: »Bitte nicht stören!« Sie sind so sehr mit tausendundeinem Problem des Lebens beschäftigt, daß sie sich – bewußt oder unbewußt – dafür entschieden haben, sich nicht stören zu lassen.

So leicht kann man Christus aber nicht beiseite schieben. Wenn das je ein Mensch bis zum völligen Entsetzen erfahren hat, dann war das der Landpfleger Pontius Pilatus. Nichts hätte an jenem Karfreitag besser zu ihm gepaßt, als das hübsche kleine Schild: »Bitte nicht stören!«

Aber Jesus war da! Er mußte sich mit ihm beschäftigen! Er mußte eine Entscheidung treffen – für oder gegen ihn. Vielleicht bemitleiden wir einen Mann wie Pilatus, der in dieser Situation immer wieder fragte: »Was soll ich denn machen mit Jesus?« Im letzten Grunde ist das die Frage, die sich jedem stellt, der vor dem Anspruch Christi steht.

Man kann dem Jesus von Weihnachten, dem Christus von Karfreitag und dem auferstandenen Herrn des Ostermorgens nicht ausweichen. Kein auch noch so moderner Mensch kann darauf hoffen, daß dieser Christus, der vor fast zweitausend Jahren lebte, starb und wieder auferstand, ihn ungestört läßt.

Die glücklichsten Menschen in unserer Welt sind diejenigen, die sich von der biblischen Botschaft stören ließen und von ihrem Schlaf aufgeweckt wurden, denen die Liebe Gottes in Jesus Christus täglich neu bewußt wird. An der Tür ihres Herzens steht die Einladung:

> Komm, o mein Heiland, Jesu Christ,
> mein's Herzens Tür dir offen ist.
> Ach zieh mit deiner Gnade ein;
> dein Freundlichkeit auch uns erschein.
> Dein Heilger Geist uns führ und leit
> den Weg zur ewgen Seligkeit.
> Dem Namen dein, o Herr,
> sei ewig Preis und Ehr.

Geringfügigkeiten nachjagen?

Da war einmal ein Hund namens Sport, der einen Hirsch jagte. Als er sich ihm bis auf ein paar Meter genähert hatte, kreuzte plötzlich ein Fuchs seinen Weg. Das zog die Aufmerksamkeit des Hundes von dem Hirsch ab. Sofort setzte er hinter dem Fuchs her. Als er den Fuchs fast erreicht hatte, hoppelte ein Hase aus einem Gebüsch. Sogleich fing Sport an, den Hasen zu jagen.

Inzwischen japste er schon ziemlich nach Luft. Als er gerade den Hasen packen wollte, lief ihm eine Maus über den Weg. Sport ließ den Hasen sausen und jagte hinter der Maus her. Er jagte sie fast einen halben Kilometer auf dem Feld hin und her, bis sie plötzlich in einem Loch verschwand.

Völlig erschöpft stand der arme Sport vor dem Mauseloch und bellte – bis er vor Erschöpfung umfiel.

Natürlich ist diese Geschichte nur ein Gleichnis. Aber was für ein Gleichnis für die eifrige Gemeinde unserer Tage. Wie oft fanden wir uns am Ende eines Projektes, mit dem wir große Dinge für Christus hatten erreichen wollen, völlig erschöpft vor einem Mauseloch!

Irgendwie werden die großen Dinge, die wir uns vornehmen, nach und nach von immer kleineren Dingen ersetzt, bis unsere Kräfte auf der verrückten Jagd nach Geringfügigkeiten schließlich verausgabt worden sind.

Von mancher kirchlichen Gruppe, die sich die geistliche Neubelebung ihrer Gemeindeglieder zum Ziel gesetzt hatte, blieb nichts weiter übrig als ein Berg schmutziger Bestecke und ein Becken von dampfendem Abwaschwasser. Irgendwie waren sie unterwegs vom Weg abgekommen. So war der arme Sport, der mit einer Hirschjagd anfing, seine Aufmerksamkeit dann einem Fuchs zuwandte, danach einem Hasen und einer Maus und schließlich bellend an einem Mauseloch zusammenbrach. Genauso haben sie es zugelassen, daß ihr großes Ziel durch kleinere Ziele ersetzt wurde, bis sie sich bloß noch mit Nebensächlichkeiten abgaben.

Gemeinden, Gemeindegruppen und einzelne Christen haben bestimmt allen Grund, der Klarheit und Zielstrebigkeit nachzueifern, die den Apostel Paulus antrieb. »Eins aber sage ich: Ich vergesse, was dahinten ist, und strecke mich nach dem, was da vorne ist, und jage nach dem vorgesteckten Ziel, nach dem Kleinod der himmlischen Berufung in Christus Jesus« (Philipper 3, 13. 14).

Wer sich auf die höchsten Ziele ausrichtet, muß achtgeben, daß er sich nicht ablenken läßt und schließlich nur noch Geringfügigkeiten nachjagt.

»Er wird sein wie ein Baum…«

Sind Sie schon einmal eine Kastanienallee entlanggegangen? Auf beiden Seiten strecken sich die stattlichen Stämme wie Säulen einer Kathedrale in die Höhe, strecken ihre Äste über die Straße und bilden einen hohen Baldachin, der während des Sommers Schatten spendet.

In regelmäßigen Abständen stehen zwischen den Kastanienbäumen Telefonmasten – zermürbt, vom Wetter angegriffen.

Obwohl sie ebenso aufrecht stehen wie die Kastanienbäume, sprießen an ihnen keine Zweige, und Blätter haben sie auch keine. Sie leisten keinen Beitrag zu der Symphonie aus Grün, Braun und Gelb, die das Herz eines jeden Betrachters begeistert.

Warum der Unterschied? Natürlich ist die Antwort einfach. Die Kastanienbäume haben Wurzeln, die Telefonmasten nicht. Die Kastanienbäume haben unter sich im Erdboden unsichtbare Wasseradern angezapft und ziehen daraus ihre Nährstoffe, während der Telegrafenmast nur ein Stück totes Holz ist, das man in den Boden gesteckt hat. Um einiges mehr, als man zunächst annimmt, gleicht ein Mensch, der an Christus glaubt, einem der Kastanienbäume. Er hat seine Wurzeln tief in die Zusagen Gottes gesenkt. In diesen Verheißungen hat er die Kraft gefunden, die sein Leben verändert und erneuert.

Nach den Worten des bekannten ersten Psalmes ist er »wie ein Baum gepflanzt an den Wasserbächen, der seine Frucht bringt zu seiner Zeit, und seine Blätter verwelken nicht. Und was er macht, das gerät wohl.«

Jesus Christus wollte mehr, als nur ein hübsches Wortbild geben, als er sagte: »Ich bin der Weinstock, ihr seid die Reben. Wer an mir bleibt und ich in ihm, der bringt viel Frucht« (Johannes 15,5).

Wer sein Leben fest in Christus verwurzelt, wessen Gedanken sich immer wieder auf die Verheißungen des Evangeliums unseres Heilandes besinnen, der steht in täglicher Verbindung mit einer Kraftquelle, die menschliches Verstehen übersteigt. Darum werden »seine Blätter nicht verwelken«. Wie die Blätter der Kastanien nicht nur zur Zierde da sind, sondern dem müden Wanderer Schatten spenden, werden Glaube, Hoffnung, Liebe das Blattwerk eines Christen sein, das anderen Menschen Trost und Freude spendet.

Wer hat dich fluchen gelehrt?

Ein älterer Pastor reiste in einer Pferdekutsche. Der Kutscher, ein gut aussehender, junger Mann, hatte die schreckliche Angewohnheit, immer wieder zu fluchen. Eine Zeitlang war der Geistliche still. Schließlich beugte er sich vor und fragte mit freundlicher Stimme: »Würdest du mir sagen, mein Freund, wer hat dich eigentlich fluchen gelehrt, war das deine Mutter?«

Der junge Mann drehte sich überrascht um. Es war offensichtlich, daß der ältere Mann eine weiche Stelle getroffen hatte. »Meine Mutter?« erwiderte der Kutscher, »bestimmt nicht, Herr! Meine Mutter ist eine betende Frau.«

Daraufhin empfahl ihm der alte Mann sehr nachdrücklich, daß er nicht nur das Andenken seiner gläubigen Mutter, sondern auch das Gebot des Gottes seiner Mutter achten solle: »Du sollst den Namen des Herrn deines Gottes nicht mißbrauchen.«

»Ich danke Ihnen, Herr«, erwiderte der junge Mann. Auf der weiteren Fahrt hörte man keinen Fluch mehr.

Was der Welt (und vielen Christen) heute immer wieder gesagt werden muß, ist, daß Gottlosigkeit auch eine Übertretung des Gebotes Gottes ist.

Fluchen und Schwören sind Sünde. Es mag Menschen geben, die meinen, sie würden gesellschaftlich nicht voll anerkannt werden, wenn sie nicht öffentlich schwören und fluchen, ohne dabei rot zu werden. Doch die Tatsache bleibt bestehen: Der gottlose Mensch verrät nicht nur seinen begrenzten Wortschatz, sein unreifes Gefühl, seinen schlechten Geschmack, sondern auch mangelnden Respekt vor dem Wort und Willen Gottes. Und das ist Sünde.

Jakobus sprach von der ungeheuren Macht der Zunge zum Guten wie zum Bösen, als er schrieb: »Durch sie loben wir den Herrn... durch sie fluchen wir den Menschen.. Aus *einem* Munde geht Loben und Fluchen. Es soll, liebe Brüder, nicht so sein« (Jakobus 3, 9. 10).

Wer durch den Tod Jesu Christi für Gott erkauft worden ist (Offenbarung 5, 9), wird niemals den Namen Gottes unwürdig oder ungeziemend brauchen wollen.

Es war ein kalter Winterabend. Der fünfjährige Robert hielt die Hand seines Vaters fest, während sie einen schmalen Fußweg zu einem benachbarten Bauernhof entlanggingen.

Robert hatte offensichtlich Angst vor der pechschwarzen Nacht, die sich vor ihnen undurchdringlich ausbreitete. Schließlich jammerte er, wobei er auf die Laterne sah, die sein Vater in der Hand hielt: »Vati, ich fürchte mich! Das Licht reicht doch nur so ein kurzes Stück!«

Der Vater faßte die Hand des kleinen Jungen fester und sagte zuversichtlich: »Ich weiß, mein Junge. Aber wir brauchen nur weiterzugehen und werden feststellen, daß es immer weiter scheint – bis ans Ende des Weges.«

Was für ein treffendes Gleichnis für den Weg eines Christen, wenn er wieder einen Tag hinter sich läßt und seinen Fuß auf den unbekannten Weg setzt, der vor ihm liegt. Für unseren himmlischen Vater sind Sie und ich kleine Roberts – manchmal zuversichtlich, manchmal bange vor der rabenschwarzen Nacht, die vor uns liegt. Wie oft haben wir in der Dunkelheit unserer Nacht gejammert, daß das Licht, das Gott uns gab, »nur so ein kurzes Stück reicht«.

Haben wir aber nicht auch festgestellt, daß es immer weiter schien und jeden neuen Schritt erleuchtete, wenn wir mutig vorwärts schritten?

Gott hat seinen Kindern keine großen Scheinwerfer gegeben, die jede Einzelheit des Weges weit ausleuchten. »Dein Wort ist meines Fußes Leuchte und ein Licht auf meinem Wege« (Psalm 119,105), sagte der Psalmist. Es gibt keine Finsternis, die von dieser Leuchte nicht durchdrungen werden könnte. Im Schein dieses Lichtes können wir jeden neuen Schritt mit Zuversicht gehen. Mag es auch lange Wegstrecken geben, die wir nicht erkennen können. Gottes Wort versichert uns, daß dieses Stück ebenso wie der nächste Schritt, der vor uns liegt, von seiner Liebe erhellt werden wird.

»Wenn wir aber im Licht wandeln«, sagt Johannes, »wie er im Licht ist, so haben wir Gemeinschaft untereinander, und das Blut Jesu Christi, seines Sohnes, macht uns rein von aller Sünde« (1. Johannes 1,7). Das Licht Gottes ist das Licht seiner Liebe. Sie ist die Garantie für unsere Sicherheit. »Welcher auch seines eigenen Sohnes nicht hat verschonet, sondern hat ihn für uns alle dahingegeben; wie sollte er uns mit ihm nicht alles schenken?« (Römer 8,32).

Wenn wir in seinem Licht weitergehen, wird Christus bei uns sein – den ganzen Weg bis hin zum Ziel.

Wer steckt die Nummern an?

Es geschah im Frühstücksraum eines Frankfurter Hotels: Ein Pastor wollte gerade sein Frühstück beenden, als sich ein Herr auf den Stuhl neben ihm setzte und nervös ein paar Brötchen und eine Tasse Kaffee bestellte.

»Haben Sie die Schlagzeile gelesen?« fragte der Fremde und zeigte auf die dicke Überschrift der Morgenzeitung: 52 Tote bei Flugzeugabsturz.

»Ich soll heute nachmittag nach Stockholm fliegen, aber ehrlich, ich habe Angst! Wenn ich nicht zu einer Sitzung morgen früh da sein müßte, würde ich meine Buchung widerrufen und mit dem Zug fahren.«

Während sie ihren Kaffee tranken, wechselten die beiden Herren noch ein paar Worte über die relative Sicherheit bei Reisen mit der Bahn oder dem Flugzeug. Es stellte sich heraus, daß der Pastor auch einen Flug am Nachmittag gebucht hatte. Er wollte nach Zürich und hatte die Absicht, die Flugkarte zu benutzen.

»Ja, ich glaube, es kommt darauf an, wie man die Sache ansieht«, grübelte der Fremde. »Wenn Ihre Nummer dran ist, dann ist sie halt dran.«

Der Pastor sah den ängstlichen Mann einen Augenblick an und erwiderte: »Ja, das stimmt wohl. Aber ich kenne den, der die Nummern ansteckt.«

Der Fremde setzte seine Tasche ab, als ob er

Angst hätte, sie könnte ihm aus der Hand fallen. Ob sein Nachbar scherzte? Oder meinte er es wirklich ernst?

Noch ehe er fragen konnte, fuhr der Pastor fort: »Sehen Sie, derjenige, der die Nummern ansteckt, ist mein Vater.« Nun erzählte er dem Fremden von der liebenden Fürsorge und dem Schutz durch seinen himmlischen Vater, der versprochen hat, bei ihm zu sein. Er wisse sich in der Hand dieses Vaters. Und seine Nummer würde nicht aufgesteckt werden, bis er es wollte.

David, der Psalmist, sagte so ziemlich das gleiche: »Meine Zeit steht in deinen Händen« (Psalm 31,15). Als David auf sein Leben zurückblickte, das voller Gefahren gewesen war, erkannte er in allen Dingen die schützende Hand Gottes. Vorausschauend wußte er, daß die allmächtige Hand seines himmlischen Vaters ihn leiten und bewahren würde bis zu seinem letzten Tag. »Gutes und Barmherzigkeit werden mir folgen mein Leben lang, und ich werde bleiben im Hause des Herrn immerdar« (Psalm 23,6). Christen brauchen sich nicht zu fürchten!

Du gehörst mir zweimal!

Eine Geschichte erzählt von einem Jungen, der viele Tage damit zubrachte, sich ein Segelschiff zu bauen. Als das Schiff fertig war, ging er damit an den Fluß, um zu prüfen, ob es auch schwimmen würde. Stolz lief er am Ufer nebenher, als sein Schiff über das sich sanft kräuselnde Wasser glitt. Sein weißes Segel wölbte sich in der leichten Sommerbrise.

Doch zum Entsetzen des Jungen schwamm das Schiff bald zur Mitte des Stroms – viel zu weit für ihn, um es noch erreichen zu können. Langsam entschwand es seinen Blicken. Völlig geknickt kam der Junge am Abend nach Hause.

Wochen später entdeckte er das Segelschiff im Schaufenster eines Pfandhauses – eben das Boot, das er mit soviel Sorgfalt gebaut, aufgetakelt und angemalt hatte. Er fragte den Inhaber des Pfandhauses, ob er das Boot haben könne. Sein Herz sank ihm fast in den Magen, als er den Mann sagen hörte: »Nur, wenn du den Preis zahlst, der auf diesem kleinen Schild steht.«

Der Junge arbeitete mehrere Wochen, um sich die Summe für das Boot zusammenzusparen. Endlich kehrte er mit dem Geld in der Hand in das Pfandhaus zurück, legte die Summe auf den Ladentisch und sagte: »Bitte sehr, ich hätte gern mein Boot.«

Als er den Laden mit dem Boot in der Hand verließ, sah er es mit einem Gefühl von Freude, Stolz und Liebe an, so, als wollte er sagen: »Du gehörst mir, kleines Schiff! Du gehörst mir zweimal! Einmal, weil ich dich gemacht habe, und dann noch einmal, weil ich dich gekauft habe!«

Der Vergleich mag nicht ganz zutreffen, aber was der Junge seinem Boot gegenüber empfand, empfindet Gott uns gegenüber. Die Bibel sagt: »Er hat uns gemacht« (Psalm 100, 3). Weiter heißt es: »Ihr seid teuer erkauft« (1. Korinther 6, 20). Sie sagt uns sogar etwas über den Preis, der dafür bezahlt wurde: »Ihr seid erlöst (eingelöst, zurückgekauft) mit dem teuren Blut Christi« (1. Petrus 1, 19).

Was für ein Trost ist es, zu wissen, daß es einen Vater im Himmel gibt, der auf uns in Liebe achtet und sagt: »Du gehörst mir. Du gehörst mir zweimal. Einmal, weil ich dich gemacht habe. Zum zweiten, weil ich dich erkauft habe.«

Erkannt an den Fußspuren

Ein Franzose durchquerte mit einem arabischen Führer die Wüste. Tag für Tag kniete der Araber auf dem brennend heißen Sand nieder und rief seinen Gott an.

Als der Araber eines Abends wieder niedergekniet war, fragte ihn der ungläubige Franzose: »Wie können Sie wissen, daß es einen Gott gibt?«

Der Araber sah den Spötter für einen Augenblick scharf an und erwiderte: »Woher ich weiß, daß es einen Gott gibt? Ich will Ihnen diese Frage beantworten, wenn Sie mir erlauben, Sie vorher etwas anderes zu fragen. Woher wußten Sie heute morgen, daß es ein Kamel gewesen sein muß und nicht ein Mensch, das an unserem Zelt vorbeigezogen war, während wir schliefen?«

Der Franzose antwortete: »Wieso? Das konnten wir doch an den Abdrücken seiner Hufe im Sand sehen. Die Abdrücke stammten nicht von Menschenfüßen.«

Darauf schaute der Araber nach Westen, wo die untergehende Sonne Bündel von goldenen und purpurnen Strahlen über das gewölbte Himmelszelt warf, wies auf die Sonne und sagte: »Ebensowenig ist das die Fußspur eines Menschen.«

Die Welt um uns her ist voll von Fußspuren Gottes! Jeder Sonnenaufgang, jeder Sonnenuntergang, jeder Stern am Himmelsgewölbe und vieles andere noch sind Fußspuren des Schöpfers.

Die Bibel sagt uns: »Die Himmel erzählen die Ehre Gottes, und die Feste verkündigt seiner Hände Werk« (Psalm 19, 1). Wer die scharlachrote Sonne in das Meer eintauchen sieht, wobei sie den Himmel und das Wasser mit goldenen Streifen überschwemmt – und immer noch nicht die Fußspuren seines Schöpfers erkennt, der ist wie eine Brille ohne die dazugehörigen Augen.

Aber Gott hat es nie dabei belassen, daß wir ihn nur an seinen Fußspuren erkennen sollen. Er hat sich selbst durch sein Wort uns zu erkennen gegeben. Das Buch der Natur kann uns sagen, daß es einen Gott gibt, aber nur das Buch der Bücher kann uns sagen, wer er ist – und was er durch Jesus Christus, seinen Sohn, für uns getan hat. Darum ist die Bibel so wichtig für uns.

Nicht besser, sondern besser dran

Ein spöttischer Soldat machte sich über seinen Kameraden lustig, der ein gläubiger Christ war. »Das Dumme an euch Christen ist«, sagte der Soldat, »daß ihr glaubt, ihr wäret besser als wir anderen.«

»Wir sind nicht besser«, erwiderte der junge Soldat, »wir haben es nur besser.«

Wie wahr! Der Mensch, der durch den Glauben an Jesus Christus ins richtige Verhältnis zu Gott gekommen ist, hat es tatsächlich besser als ein Mensch, dem dieses geordnete Verhältnis fehlt.

Jeder Mensch, der durch Jesus Christus eine »neue Kreatur« geworden ist und in der Kraft des auferstandenen Herrn ein neues Leben führt, ist viel besser dran als derjenige, der dem Evangelium den Rücken zuwendet und sich entschließt, seinen Weg allein zu gehen.

»Gottesfurcht ist zu allen Dingen nütze«, sagt uns die Bibel, »und hat die Verheißung dieses und des zukünftigen Lebens« (1. Timotheus 4, 8). Der gottesfürchtige Mensch braucht nicht auf den Himmel zu warten, um es besser zu haben. Hier und jetzt schon ist er besser dran!

Sein Lohn wird wohl kaum finanzieller Erfolg und soziale Besserstellung sein. Ganz gewiß wird ihn niemand bei seiner Sparkasse besser einstufen als die vielen hundert Kunden, deren Monatssaldo zehnmal höher ist als der seine.

Gott hat uns nirgendwo gesagt, daß Gottesfurcht die Zusage materiellen Erfolges enthält. Aber das hat er uns versprochen, daß der Lohn für ein Leben mit Christus Friede, Freude, Gewißheit, Sieg und schließlich ewiges Leben sind.

Jeden Morgen wissen dürfen, daß wir einen Heiland haben, der versprochen hat, »alle Tage bis an der Welt Ende« bei uns zu sein (Matthäus 28, 20), und jeden Abend wissen dürfen, daß wir einen Herrn haben, der für uns wacht – solches Wissen ist tatsächlich ein Segen, den man nicht messen kann.

Unsere Verfehlungen und Unterlassungen mögen uns davon überzeugen, daß wir nicht besser sind als viele unserer Mitmenschen. Aber Gottes tägliche Gnade wird uns über alle Zweifel hinweg immer wieder überzeugen, daß wir es besser haben als sie; denn Jesus Christus ist auf unserer Seite.

Der leere Stuhl

Von einem frommen Schotten wird erzählt, daß er ernstlich krank war. Eines Tages besuchte ihn der neue Pastor, der erst kürzlich in diese Gemeinde gerufen worden war.

Als der Pastor sich an das Bett des Kranken gesetzt hatte, bemerkte er einen leeren Stuhl, der auf der anderen Seite des Bettes stand und wohl gerade erst benutzt worden war, ehe er den Raum betreten hatte.

Der Pastor wies auf den leeren Stuhl und sagte: »Nun, ich sehe, ich bin heute morgen nicht der erste Besucher.«

Der alte Mann folgte dem Blick des Pastors und erwiderte: »Ach, der Stuhl! Das will ich Ihnen erzählen. Vor vielen Jahren war es mir einfach nicht möglich zu beten, wenn ich zu Bett ging. Ich bin oft auf den Knien eingeschlafen, so müde war ich. Und wenn ich es fertigbrachte, wachzubleiben, konnte ich es nicht verhindern, daß mir meine Gedanken wegliefen.

Eines Tages sprach ich darüber mit unserem damaligen Pastor. Er erklärte, ich solle mir wegen des Kniens keine Gedanken machen. ›Setzen Sie sich auf Ihr Bett‹, sagte er, ›und stellen Sie sich einen Stuhl davor. Und dann stellen Sie sich vor, Jesus würde darauf sitzen. Reden Sie mit ihm wie mit einem Freund.‹ Ich fing damit an«, fuhr der Schotte fort, »und habe das seitdem beibehalten.

So, jetzt wissen Sie, warum dort der Stuhl da steht.«

Nur wenige Tage später kam die Tochter des alten Mannes ins Pfarrhaus gelaufen. »Vater ist letzte Nacht gestorben«, sagte sie mit tränennassen Augen. »Ich wußte gar nicht, daß der Tod so nahe war. Er schien ganz ruhig zu schlafen. Als ich wiederkam, um nach ihm zu sehen, war er tot. Er hatte sich, seit ich ihn ein paar Minuten vorher gesehen habe, nicht mehr bewegt – außer, daß seine Hand auf dem leeren Stuhl neben seinem Bett lag.«

Wahrscheinlich ist es nicht möglich und auch nicht einmal erstrebenswert, daß wir uns die Praxis des leeren Stuhls zur Gewohnheit machen. Aber wie wichtig ist es doch für uns alle, sich der Gegenwart des Herrn Jesus Christus immer wieder bewußt zu werden. Im Leben und im Sterben sind wir gesegnet, wenn wir gelernt haben, unsere Hand in die seine zu legen. Dann werden wir mit dem Psalmisten sprechen können: »Und ob ich schon wanderte im finstern Tal, fürchte ich kein Unglück; denn du bist bei mir!« (Psalm 23, 4).

Was für ein Freund!

Die Lehrerin versuchte, ihrer Klasse Begriffe zu erklären. Sie nannte das betreffende Wort, und die Kinder mühten sich, ihr dazu eine Erklärung zu geben, immer der Reihe nach.

Es hatte den Anschein, als ob alle Kinder an diesem Morgen gut vorbereitet waren. Einer nach dem anderen gab seine Erklärung für Onkel, Tante, Kusine, Nachbar. Nicht nur die Lehrerin hatte daran ihre Freude, die ganze Klasse war auf ihre Leistung stolz.

Als jedoch der kleine Uwe an die Reihe kam, sah es für einen Augenblick so aus, als sei der Faden gerissen. Uwe zögerte. Der Begriff, den er erklären sollte, war das Wort »Freund«. Aber so sehr er sich auch anstrengte, ihm fiel nichts ein, womit er dieses bekannte Wort hätte erläutern können.

Endlich, nach sichtlicher Anstrengung, platzte er mit seiner kindlichen Definition des Wortes »Freund« heraus: »Ein Freund ist jemand, der uns gern hat, obwohl er uns kennt.«

Wahrscheinlich wird Uwes Definition niemals in ein Wörterbuch aufgenommen werden. Und doch enthält es Erkenntnisse, die in vielen umständlichen Erläuterungen dieses einfachen Wortes nicht enthalten sind. Denn gehört es nicht auch zum Wesen der Freundschaft, daß ein Mensch den anderen trotz seiner offensichtlichen

Fehler und Versäumnisse liebt? In der Tat, ein Freund ist jemand, der uns gern hat, obwohl er uns kennt!

Das trifft erst recht zu für das Verhältnis Gottes zu uns Menschen. Er kennt uns, wie wir sind, und doch liebt er uns. Niemand kennt uns besser, und niemand liebt uns mehr als er. Paulus sagt uns: »Gott erweist seine Liebe gegen uns darin, daß Christus für uns gestorben ist, als wir noch Sünder waren« (Römer 5,8).

Wenn es so ist, wie Uwe sagte, daß »ein Freund jemand ist, der uns gern hat, obwohl er uns kennt«, was für einen Freund haben wir dann in Jesus!

Jesus kennt unsere Schwachheiten – und doch kommt uns sein Herz in Erbarmen, Mitleid und Zuneigung entgegen. Er, der gesagt hat: »Niemand hat größere Liebe denn die, daß er sein Leben läßt für seine Freunde« (Johannes 15,13), stellte die Unmeßbarkeit seiner Liebe dadurch unter Beweis, daß er für seine Freunde starb!

Was für ein Freund!

In den frühen Tagen Amerikas kam ein müder Wanderer zum erstenmal an das Ufer des Mississippi. Eine Brücke gab es damals nicht. Es war Winteranfang. Die Oberfläche des mächtigen Stromes war mit Eis bedeckt. Ob er es wagen durfte, hinüberzugehen? Würde das Eis sein Gewicht tragen?

Die Nacht brach an, und es wurde Zeit, daß er auf die andere Seite des Flusses kam. Nach langem Zögern begann er endlich unter großer Angst vorsichtig auf Händen und Füßen über das Eis zu kriechen. Er dachte nämlich, daß er so sein Körpergewicht besser verteilen und damit verhindern könne, daß das Eis unter ihm brach.

Als er den Fluß etwa zur Hälfte überquert hatte, hörte er hinter sich jemand singen. Aus der Dämmerung tauchte ein farbiger Mann auf, der einen mit Kohle beladenen Pferdeschlitten lenkte und auf seinem Weg fröhlich sang.

Da war er, der auf seinen Händen und Füßen kroch, zitternd, ob das Eis auch fest genug sei, um ihn zu tragen. Und da war der farbige Mann, wie vom Wind weggefegt, der mit seinem Schlitten und den Pferden vom gleichen Eis getragen wurde.

Ist es nicht so: Ähnlich dem besorgten Wanderer haben manche bloß gelernt, auf Gottes Zusagen hin nur zu kriechen. Vorsichtig, ängstlich, zitternd wagen sie sich auf seine Verheißung vorwärts, als ob ihre vorsichtigen Schritte seine Zusagen sicherer machen würden; als ob wir auch nur den geringsten Beitrag zur Zuverlässigkeit seiner Verheißungen leisten könnten!

Gott hat versprochen, bei uns zu sein. Laßt uns das glauben! Er hat versprochen, uns zu tragen. Was hindert uns, das zu glauben? Er hat versprochen, uns Sieg zu geben über die geistlichen Feinde. Laßt uns seinen Zusagen trauen. Vor allem aber hat er versprochen, uns um Jesu Christi willen völlige Vergebung zu schenken. Laßt uns ihn beim Wort nehmen!

Wir dürfen auf Grund dieser Zusagen nicht kriechen, weil sie vielleicht zu zerbrechlich wären, um uns zu tragen. Wir sollen auf ihnen zuversichtlich stehen, denn Gott wird sein Wort einlösen und tun, was er zugesagt hat.

Es paßt überall!

Die kleine Marlene machte große Kulleraugen, stützte sich auf den Küchentisch und rief: »Oh, Mama! Es paßt überall!« Sie hatte auf einem Stuhl neben dem Tisch gekniet und zugesehen, wie ihre Mutter flüssiges, heißes Gelee in ein Sammelsurium von Behältern goß – in Gläser, Töpfe, selbst in einen Stielkelch, der schon lange im Familienbesitz war.

Für Marlenes kleinen, wachen Verstand kam es einem Wunder gleich, daß die formlose Flüssigkeit, die die Mutter aus einem großen Aluminiumkessel schöpfte, sofort die Form des jeweiligen Gefäßes annahm – des engen Glases, des großen Topfes, des weiten Wasserglases und des ausgebuchteten Kelches. Und so rief sie in ihrer Einfalt: »Oh, Mama! Es paßt überall!«

Ebenso paßt Gottes Gnade an jedem Tag in das Leben der Gläubigen. Unsere Tage gleichen den Geleegläsern von Marlenes Mutter – kaum zwei sind gleich. Manche Tage sind von Enttäuschung und Entmutigung wunderlich verdreht. Andere wieder sind von dem eintönigen Einerlei der täglichen Routine flach. Manche sind durch geistliche Erlebnisse und Errungenschaften hoch, einige andere wieder von Zweifel und Dunkelheit recht tief.

Aber Gottes Gnade reicht für alle (2. Korinther 12, 9). Sie füllt jede Ecke unseres Lebens aus, denn Gott hat versprochen, daß unsere Kraft wie unsere Tage sein soll.

Es gibt keine Ecke in unserem Leben, wie klein, geheim oder verschlossen sie auch sein mag, in die seine heilende Liebe nicht flösse, wenn wir sie nur einlassen.

Das ist in der Tat ein Wunder der Gnade Gottes, daß von ihr immer noch etwas übrig bleibt, auch wenn sie jeden Tag erfüllt und durchflutet. Der Apostel Paulus sagt: »Wo die Sünde mächtig geworden ist, da ist die Gnade viel mächtiger geworden« (Römer 5,20).

Die Liebe Gottes füllt nicht nur jeden unserer Tage nach seinem jeweiligen Bedarf, es bleibt auch noch genug, um den nächsten Tag wieder zu füllen. Wir brauchen uns darum nicht vor morgen zu fürchten, denn wenn morgen die Sonne aufgeht, wird noch immer Gottes Gnade für uns dasein. »Sie paßt überall!«

Ein bedeutender Künstler hatte Wochen damit zugebracht, ein lebensgroßes Bild Jesu zu malen. Eines Tages – er machte gerade letzte Korrekturen am Gesicht des Meisters – betrat unbemerkt von ihm eine Frau den Raum, blieb in einigem Abstand stehen und sah ihm schweigend zu.

Als der Künstler ihre Anwesenheit wahrnahm, brach sie das Schweigen und sagte ehrfürchtig: »Sie müssen ihn sehr lieben!«

Er trat von seinem Werk zurück, sah es nachdenklich an und erwiderte: »Ob ich ihn liebe? Ganz bestimmt!« Nach kurzem Zögern fügte er hinzu: »Aber wenn ich ihn mehr liebte, würde ich ihn noch besser malen!«

Ist es nicht ein Teil des Auftrages, den jeder Christ hat, seinen Mitmenschen »Christus zu malen«? Petrus sagt: »Ihr seid das auserwählte Geschlecht, das königliche Priestertum, das heilige Volk, das Volk des Eigentums, daß ihr verkündigen sollt die Wohltaten des, der euch berufen hat von der Finsternis zu seinem wunderbaren Licht« (1. Petrus 2, 9).

Die Nachfolger Christi sind dazu da, einer ungläubigen Welt das Wesen Jesu zu zeigen. Durch ihre Worte und Taten sollen sie die Menschen mit den Wundern seiner Liebe und der erlösenden Kraft seines Todes am Kreuz vertraut machen.

Was für ein Bild Jesu malen wir unseren Freunden und Nachbarn, den Menschen, die uns täglich sehen? Ist es das Bild, das er gern von uns gemalt haben möchte? Oder ist es eine Karikatur des Herrn der Herrlichkeit?

Vielleicht muß manch einer unter uns mit dem Künstler bekennen: »Wenn ich ihn mehr liebte, würde ich ihn noch besser malen!« Wenn ich mehr in seiner Gegenwart lebte, öfter mit ihm spräche, aufmerksamer auf ihn hörte, ihm uneingeschränkter gehorchte – dann würde ich die Macht seiner Liebe strahlender widerspiegeln!

Tatsächlich, wir alle sollten die Augen des Glaubens auf Christus richten, den wir verehren, und sollten beten:

> »Schönster Herr Jesu,
> Herrscher aller Enden,
> Gottes und Marien Sohn,
> dich will ich lieben,
> dich will ich ehren,
> du meiner Seele Freud und Kron.«

Nur ein kurzes Stück zusammen

Die Familie saß am Abendbrottisch. Maria erzählte von einem Erlebnis, das sie auf dem Heimweg von der Arbeit gehabt hatte. »Die Frau stieg an der Lindenstraße in den Bus«, sagte sie, »und quetschte sich auf dem engen Raum direkt neben mich. Da saß sie dann halb auf mir. Ihre Päckchen stießen mir dauernd ins Gesicht. Ich mußte immer wieder ausweichen, damit mir ein Päckchen nicht den Hut herunterriß.«

An dieser Stelle meldete sich Marias kleiner Bruder: »Warum hast du ihr denn nicht gesagt, daß sie auf deinem Platz sitzt und daß sie aufstehen soll?«

»Das lohnte sich nicht«, erwiderte Maria, »wir fuhren ja nur ein kurzes Stück zusammen.«

Damit hatte Maria, obwohl es ihr gar nicht bewußt war, einen Gedanken ausgesprochen, der uns allen als Losung dienen könnte.

»Das lohnte sich nicht; wir fuhren ja nur ein kurzes Stück zusammen.«

Wie unwichtig werden doch die Ärgernisse und Aufregungen des Tages am Abend, wenn wir sie in ihrer richtigen Perspektive sehen: Die Unfreundlichkeit, die Undankbarkeit, das mangelnde Verstehen auf Seiten unserer Mitmenschen – wie viel leichter sind sie zu ertragen, wenn wir bedenken, daß »wir nur ein kurzes Stück zusammen sind!«

Wie viel wichtiger wird es auf der anderen Seite, den Menschen, mit denen wir zusammen durchs Leben gehen, Geduld, Verständnis und Freundlichkeit entgegenzubringen; denn wir sind ja »nur ein kurzes Stück zusammen«.

Wir haben so wenig Zeit, die Tugenden dessen zu zeigen, der uns aus der Finsternis in sein Licht gerufen hat. So wenig Zeit, die Liebe dessen zu demonstrieren, der uns zuerst geliebt hat! So wenig Zeit, sein Evangelium auszuleben!

Wie anders sähe diese Welt aus, wie anders wären unsere Gemeinden, wie anders die meisten unserer Familien, wenn jeder von uns allezeit bedenken würde: »Wir sind nur ein kurzes Stück zusammen!«

Der falsche Anfang

»Mami, mein Mantel stimmt nicht!« Die vierjährige Elisabeth quälte sich mit den Knöpfen an ihrem neuen Wintermantel ab. Endlich, nach vielen Anstrengungen, hatte sie jeden Knopf erfolgreich durch ein Knopfloch gezwängt. Aber zu ihrer Überraschung und Bestürzung war ein Knopfloch »übriggeblieben«! In ihrer kindlichen Logik schloß sie daraus, daß der Hersteller des Mantels einen Fehler gemacht haben mußte.

Ein Fehler lag wohl vor. Aber es war nicht der Fehler des Schneiders, sondern Elisabeths Fehler. Sie hatte den ersten Knopf durch das falsche Knopfloch gezwängt – und darum stimmten alle weiteren Knöpfe auch nicht.

Elisabeth mußte lernen, wie wichtig der erste Knopf ist: Wenn sie den richtig knöpfte, würde es mit den folgenden Knöpfen verhältnismäßig einfach sein.

Auch Elisabeths Mutter lernte etwas. Bei vielen anderen Dingen im Leben war es wichtig, nicht falsch anzufangen. Einen Mantel kann man jederzeit wieder aufknöpfen und noch einmal von vorne anfangen. Aber es ist nicht immer möglich, ein Leben wieder »aufzuknöpfen« und einen neuen Anfang zu machen. Die Gewohnheiten, die Elisabeth heute entwickelt, begründen ihre Verhaltensweisen von morgen. Wenn diese Gewohnheiten falsch sind, müssen sie heute korrigiert werden. Später wird das sehr viel schwieriger sein.

Christliche Eltern wissen, wie wichtig es ist, daß ihre Kinder »den ersten Knopf richtig treffen«. Sie denken an die Wahrheit des Auftrags und der Verheißung der Schrift: »Gewöhne einen Knaben an seinen Weg, so läßt er auch nicht davon, wenn er alt wird« (Sprüche 22, 6). Deswegen führen sie ihre Kinder schon in früher Kindheit zu Christus und umgeben sie während ihrer ganzen Kindheit mit einem heilsamen christlichen Einfluß. Deswegen bemühen sie sich, ihre Kinder so früh wie möglich auf den Weg des Glaubens zu führen. Mit Gottes Hilfe möchten sie ihren Kindern zum richtigen Anfang helfen.

Die beste Übersetzung

Vier Pastoren diskutierten über die besonderen Vorteile verschiedener Bibelübersetzungen.

Dem einen gefiel die Lutherbibel am besten wegen ihres schönen und klassischen Deutsch. Einem anderen sagte die Mengebibel am meisten zu wegen ihrer größeren Nähe zum hebräischen und griechischen Text. Der dritte zog eine moderne Übersetzung vor, weil sie, wie er sagte, »die Sprache unserer Zeit spricht und verständlicher ist.«

Der vierte Pastor, nicht gleich bereit, einer besonderen Übersetzung den Vorrang zu geben, schwieg eine Weile. Als er aber um seine Meinung bedrängt wurde, überraschte er seine Kollegen mit der einfachen Feststellung: »Mir gefällt die Übersetzung meiner Mutter am besten.«

Natürlich wollte er damit nicht sagen, daß ihm die verschiedenen Übersetzungen und ihre jeweiligen Vorzüge, die seine Freunde diskutierten, gleichgültig seien. Aber er wollte auf einen wichtigen Punkt hinweisen.

Es ist möglich, daß Fachleute die ursprüngliche Sprache der Bibel in unsere moderne Umgangssprache übersetzen, ohne jemals ihre Lehren in die Praxis umzusetzen. Die letztere Kunst hatte die Mutter des Pastors gemeistert. Durch ihr vorbildliches Christenleben hatte sie die Schrift so übersetzt, daß er sie schon als Kind lesen konnte. Ihre Liebe, ihre Geduld, ihre Freundlichkeit – das waren ihre »Übersetzungen« der Schrift, die sie ihren Kindern weitergab.

In diesem Sinn ist jeder von uns ein Bibelübersetzer. Durch unser praktisches Christsein können wir die Botschaft der Bibel für viele »übersetzen«, die sich nie die Zeit nehmen, das gedruckte Wort zu lesen. Ob wir das wollen oder nicht, wir sind für viele Menschen die einzige Bibel, die sie lesen. Sind wir zuverlässige »Übersetzungen«?

In diesem Sinn forderte Christus jeden von uns auf, Überträger der Botschaft Gottes zu sein, wenn er sagte: »So soll euer Licht leuchten vor den Leuten, daß sie eure guten Werke sehen und euren Vater im Himmel preisen« (Matthäus 5, 16).

Übertragen wir, »übersetzen« wir seine Botschaft?

Gottes Zwischengänger

Während des Ersten Weltkrieges wurde ein französischer Offizier an der Frontlinie verwundet. Rings um ihn her detonierten Granaten. Völlig schutzlos war er ihnen preisgegeben.

Ein Soldat, der die Gefahr sah, in der sich der Offizier befand, kroch aus dem Schützengraben, verband ihm die Wunden und legte sich neben ihn. Dabei flüsterte er: »Keine Angst! Ich bin zwischen Ihnen und den Granatsplittern. Erst müssen sie mich treffen.«

Welch ein wunderbares Bild für den, der am Kreuz von Golgatha sich zwischen uns und die Schläge der Gerechtigkeit Gottes gestellt hat. Als unser Heiland dort am Marterpfahl hing, war er es, der zu uns sagte: »Keine Angst! Ich bin zwischen dir und den Schlägen der göttlichen Gerechtigkeit. Sie müssen mich zuerst treffen.«

Jesus ist der Zwischengänger Gottes, der Mittler zwischen Gott und den Menschen. Die Schrift sagt: »Es ist *ein* Gott und *ein* Mittler zwischen Gott und den Menschen, nämlich der Mensch Christus Jesus« (1. Timotheus 2,5).

Durch sein selbstloses Leben und sein heiliges, unschuldiges Leiden und Sterben anstelle des Sünders hat er den Platz zwischen mir und den strikten Forderungen der verzehrenden Gerechtigkeit Gottes eingenommen. Nun brauch ich mich nicht mehr zu fürchten, denn er wurde um meiner Missetat willen verwundet, um meiner Sünde willen zerschlagen; die Strafe, die mir Frieden brachte, lag auf ihm, und durch seine Wunden bin ich geheilt (Jesaja 43, 5).

»Keine Angst! Ich bin zwischen dir und den Granatsplittern. Sie müssen mich zuerst treffen.« Was für eine wunderbare Zusicherung, wenn wir diese Worte aus dem Mund unseres göttlichen Erlösers hören und er ihnen eine geistliche Bedeutung gibt!

Mit diesem Heiland an der Seite kann uns im Leben und im Tod nichts schaden. Zu ihm dürfen wir unser Haupt erheben und mit Glaubensgewißheit beten:

> »Nur zu dir steht mein Vertrauen,
> daß kein Übel mich erschreckt;
> mit dem Schatten deiner Flügel
> sei mein wehrlos Haupt bedeckt!«

Eine ältere Dame war der einzige Fahrgast im Schnellaufzug des Wolkenkratzers. Sie wollte zum 20. Stockwerk.

Es war später Nachmittag. Man sah ihr an, daß die Hitze des Tages sie müde gemacht und erschöpft hatte. Außerdem wurden ihre Schultern von zwei schweren Paketen heruntergezogen, die sie trug, in jeder Hand eines.

Die Fahrstuhlführerin, ein freundliches, junges Mädchen, wandte sich an die ältere Frau und sagte: »Meine Dame, Sie können Ihre Pakete abstellen. Der Fahrstuhl trägt sie.«

Etwas schüchtern, aber dankbar und mit einem sichtbaren Zeichen der Erleichterung stellte sie ihre Pakete auf den Boden.

Ist das nicht ein Bild für manche Christen und für die Art und Weise, wie sie ihre Lasten tragen? Sie glauben von ganzem Herzen, daß Gottes »ewige Arme« sie tragen, aber sie ziehen es vor, ihre Lasten mit eigenen Armen zu halten.

Der Psalmist sagt uns: »Wirf dein Anliegen auf den Herrn; der wird dich versorgen« (Psalm 55, 23). Petrus ermahnt: »Alle eure Sorge werfet auf ihn, denn er sorgt für euch« (1. Petrus 5, 7). Und Mose erinnert uns: »Zuflucht ist bei dem alten Gott und unter den ewigen Armen« (5. Mose 33, 27).

Bestimmt wird die allmächtige Kraft, die uns

stützt und von Tag zu Tag trägt, in der Lage sein, auch unsere Lasten zu tragen. Durch Christus und seinen Opfertod am Kreuz haben wir erfahren, daß der allmächtige Gott ein Gott der Liebe und der unendlichen Geduld ist. Warum fürchten wir uns, unsere Lasten auf diesen Gott zu werfen?

Der Aufzug war stark genug, die ältere Dame und ihre Pakete zu tragen – ob sie nun an ihren Armen hingen oder auf dem Boden standen. Gott ist stark genug, uns und unsere Lasten zu tragen – ob wir nun darauf bestehen, sie selbst zu halten, oder ob wir die Kunst gelernt haben, sie ihm abzugeben.

Bedenken Sie: Den Lastträgern hat der Sohn Gottes gesagt: »Kommet her zu mir alle, die ihr mühselig und beladen seid; ich will euch erquikken« (Matthäus 11,28). Geben Sie Ihre Lasten ab, Christus trägt sie.

Tante Martha machte einen Besuch im Hause ihrer kleinen Nichte Sabine. Als Sabines Vater das Wohnzimmer verließ, flüsterte das kleine Mädchen seiner Tante zu, es würde dem Vati zum Geburtstag ein Paar Hausschuhe schenken.

»So?« erwiderte Tante Martha, »und woher hast du das Geld, um sie zu kaufen?«

Ohne einen Augenblick zu zögern, antwortete Sabine mit großen, erstaunten Augen: »Das gibt mir mein Vati.«

Tante Martha lächelte nachsichtig bei dem Gedanken, daß Sabines Vater sein eigenes Geburtstagsgeschenk bezahlte. Sie wußte, er würde sich über das Geschenk seiner Tochter freuen, auch wenn das Geld, mit dem es gekauft war, sein eigenes war.

Es blieb eine Tatsache, daß Sabine nichts gehörte, was sie nicht von ihrem Vater bekommen hatte. Selbst die Geschenke, die sie ihm aus liebevollem Herzen machte, mußten mit seinem Geld bezahlt werden.

Trifft das nicht für uns alle zu – für unser Verhältnis zu unserem himmlischen Vater? Was könnten wir ihm schenken, das ihm im Grunde nicht schon gehört?

»Mein ist das Silber, und mein ist das Gold« (Haggai 2, 8), sagt er, »denn alles Wild im Walde ist mein und die Tiere auf den Bergen zu Tausenden« (Psalm 50, 10). Die ganze Schöpfung ist des Herrn. Ja, auch wir selbst gehören ihm! Er sagt zu jedem von uns: »Fürchte dich nicht, denn ich habe dich erlöst; ich habe dich bei deinem Namen gerufen; du bist mein!« (Jesaja 43, 1). Die Bibel macht es an verschiedenen Stellen sehr deutlich, daß wir nicht uns selbst gehören. Wir sind erkauft mit dem teuren Blut des Sohnes Gottes, unseres Herrn Jesus Christus (1. Korinther 6, 19. 20).

In der Tat – wenn wir und alles, was wir haben, ihm gehören, können wir Gott nichts geben, das unser wäre. Wir können ihm nur das Seine geben.

> Was sind wir doch? Was haben wir
> auf dieser ganzen Erd,
> das uns, o Vater, nicht von dir
> allein gegeben werd?

Von seiner Hand gehalten

An einem kalten Wintertag – die Fußwege waren mit Eis bedeckt – gingen ein Pastor und sein kleiner Sohn Peter zur Kirche. Peter trug zum erstenmal seinen neuen Mantel mit recht tiefen Taschen.

Als beide an eine glatte Stelle kamen, sagte der Vater: »Ich glaube, ich sollte besser deine Hand halten, damit du nicht fällst.« Aber Peter hatte seine Hände in den Taschen vergraben und ließ sie dort – bis er rutschte und fiel.

Durch dieses Erlebnis vorsichtiger geworden, stand er auf und sagte: »Ich halte deine Hand, Vati.« Er langte hoch und ergriff vorsichtig die Hand seines Vaters.

Bald kamen sie wieder an eine glatte Stelle – und ab ging es; denn seine kleinen Finger waren nicht in der Lage gewesen, die Hand seines Vaters fest genug zu halten.

Wieder setzten die beiden ihren Weg fort. Nach kurzem Überlegen sah der Junge seinem Vater ins Gesicht und sagte mit kindlichem Vertrauen: »Halte du meine Hand, Vati.« Als sie erneut an glatte Stellen kamen, war es die Hand des Vaters, die den Jungen vor weiterem Fallen bewahrte.

Wie oft mußten wir es lernen, daß wir nicht dadurch vor dem Stolpern bewahrt blieben, daß *wir* Gott festhielten, sondern daß *er uns* hielt. Die Bibel lehrt uns: »Aus Gottes Macht werdet ihr durch den Glauben bewahrt zur Seligkeit« (1.Petrus 1,5). Er ist es, und nicht wir sind es, die uns halten.

Was für ein Trost, am Anfang eines ungewissen Weges und an jedem neuen Tag wissen zu dürfen, daß seine Hand uns hält und leitet. An seiner Hand sind wir sicher. Er kennt und liebt uns. Dafür ließ Jesus seine Hände durchbohren, damit das sichtbar wurde. Nun kann uns niemand und nichts aus seiner Hand reißen (Joh. 10,27–29).

> Ich vertraue dir, Herr Jesu,
> ich vertraue dir allein;
> in dir wohnt der Gnaden Fülle,
> da kann ich selig sein.
>
> Ich vertraue dir, Herr Jesu,
> niemals laß mich gehn zurück!
> Ich vertraue dir in allem,
> in jedem Augenblick.

Der Pastor besuchte die Familie des kleinen Johannes. Er machte gerade seine Besuchsrunde, um das geistliche Leben in den Familien seiner Gemeinde zu stärken. Nachdem er mit den Eltern über geistliche Fragen gesprochen hatte, wandte er sich an den kleinen Johannes.

»Betest du auch jeden Tag?«

»Ja, Herr Pastor.«

»Vor und nach Tisch?«

»Ja, Herr Pastor.«

»Und wenn du ins Bett gehst, und wenn du morgens aufstehst?«

»Ja, Herr Pastor, dann auch.«

»Betest du auch dafür, daß Gott dir bei den Schulaufgaben hilft?«

»O nein, das ist nicht nötig. Ich bekomme lauter Einsen.«

Offensichtlich erschien es Johannes nicht wichtig, für seine Schularbeiten um Gottes Segen zu bitten. Denn was hätte er noch mehr tun können, um ein ausgezeichnetes Zeugnis zu bekommen?

Vielleicht lächeln wir über diese Geschichte. Aber sollten wir uns nicht selbst einmal sorgfältig prüfen! Wie oft haben wir in unseren Gebeten nachgelassen, weil wir »lauter Einsen« bekamen.

Wenn etwas falsch läuft, wenn sich die Schwierigkeiten türmen, wenn Probleme unlösbar werden, wenn die tiefen Fragen des Lebens nach einer Antwort rufen – dann ist uns das Gebet eine sehr natürliche, ja, notwendige Übung.

Aber wenn das Leben eine Folge von schönen Tagen wird, wenn alles nach unseren Plänen geht, wenn das Glück uns an jeder Ecke entgegenlacht – dann scheint uns das Gebet überflüssig zu sein.

Wir alle sollten uns immer daran erinnern, daß das Gebet nie überflüssig ist, auch dann nicht, wenn wir »lauter Einsen« haben. Denn im Gebet geht es nicht nur um das Bitten, sondern ebenso um das Danken, um Gemeinschaft und Vertrauen.

Wem könnte es je an Dingen mangeln, für die er Gott zu loben und zu danken hätte? Wer hätte keine Anliegen, über die er mit Gott reden müßte?

Heute abend stehe ich an einem französischen Fenster eines Hotels in Hollywood mit dem Blick auf den Hollywood Boulevard. Von meinem Zimmer im 12. Stock sehe ich auf das berühmte »Graumann's Chinesisches Theater«, das auf der anderen Straßenseite liegt.

Ich habe schon sehr oft auf dieses strahlend hell erleuchtete Mekka der Vergnügungswelt hinuntergeschaut, immer mit einem unbestimmbaren Gefühl der Trauer und des Bedauerns, doch noch nie mit einer solchen Eindringlichkeit wie heute abend.

Tag für Tag, Jahr um Jahr, morgens, mittags und abends hält der Strom von neugierigen Touristen vor dem Theater an, um die »Fußabdrücke der Stars« zu bewundern. In eine große Betonfläche sind dort nämlich Abdrücke der Füße und Hände, ja die Unterschriften bekannter Filmgrößen – von denen viele nicht mehr leben – eingedrückt. Kinder aller Altersstufen unter sieben und über siebzig machen sich ein Vergnügen daraus, ihre Füße in die Fußabdrücke der Stars zu setzen, damit sie ihren Freunden zu Hause erzählen können: »Ich habe an der gleichen Stelle gestanden, an der Jean Harlow und John Gilbert einmal standen!«

Vielleicht gibt es einen besonderen Grund dafür, daß ich heute abend so nachdenklich bin, während ich auf die endlose Parade dort unten schaue. Denn ich habe gerade meine Bibel beiseite gelegt, in der ich etwas über Gottes Tafel gelesen habe, in die er die Fußabdrücke seiner Stars gedrückt hat; Hebräer 11: »Durch den Glauben hat Abel..., durch den Glauben ward Henoch..., durch den Glauben hat Noah, Abraham, Isaak und Jakob, Joseph, Mose...« Das sind die Männer, deren Fußabdrücken wir Aufmerksamkeit schenken sollten, denn es sind Fußabdrücke des Glaubens, der Liebe und des Gehorsams.

Wenn die Fußabdrücke derer in Beton längst in Staub zerfallen sein werden, werden die Fußabdrücke der Glaubenden immer noch den Weg weisen, auch den kommenden Generationen.

Gott sei Dank, daß es – ferne von Glanz und Flimmer dieser vergänglichen Welt – eine große, unzählbare Schar solcher gibt, die sich mit Gottes Hilfe bemühen, ihre Schritte denen der treuen Nachfolger anzugleichen.

Zu arm, um zu bezahlen!

In einer schottischen Stadt wohnte ein Arzt, der durch seine Großzügigkeit bekannt war. Als nach seinem Tod seine Rechnungsbücher durchgesehen wurden, fand man eine ganze Reihe von Posten, über die mit roter Tinte geschrieben stand: »Erlassen! Zu arm, um zu bezahlen.«

Einige Monate nach seinem Tod forderte seine Witwe, die weniger großzügig war, daß diese Rechnungen bezahlt werden müßten und wandte sich sogleich an einen Rechtsanwalt. Nachdem dieser eine Rechnung nach der anderen angesehen hatte, fragte er: »Ist das die Handschrift Ihres Mannes, diese rote Eintragung?«

Die Frau bestätigte, daß es so sei.

»Dann«, sagte der Rechtsanwalt, »gibt es keine Instanz im ganzen Land, die das Geld für Sie eintreiben könnte. Wenn Ihr Mann geschrieben hat: ›Erlassen‹, dann sind diese Schulden auch für immer erlassen.«

Ähnliches hat Gott über das Konto eines jeden Menschen geschrieben, der ihm vertraut. Die Bibel sagt: »Denn Gott versöhnte in Christus die Welt mit ihm selber und rechnete ihnen ihre Sünden nicht zu« (2. Korinther 5, 19).

Ebenso heißt es: »Er hat uns vergeben alle Sünden. Getilgt hat er den Schuldbrief, der wider uns war, und hat ihn an das Kreuz geheftet« (Kolosser 2, 13. 14).

In der Tat, das ist das zentrale Anliegen der gesamten Bibel: Als Christus am Kreuz für unsere Sünden starb – so sagt sie uns – schrieb sein Vater über unseren Schuldbrief: »Erlassen!«

Unser Gewissen, unser Verstand und die nicht glaubende Welt mögen das in Frage stellen. Wir haben jedoch das Wort dessen, dem wir soviel schuldig waren. Er allein hat die Macht, zu vergeben. Und er hat seine Zusicherung gleichsam in blutroten Buchstaben geschrieben: »In ihm haben wir die Erlösung durch sein Blut, die Vergebung der Sünden, nach dem Reichtum seiner Gnade« (Epheser 1,7).

Der Sohn Gottes selbst hat für die bezahlt, die wegen ihrer geistlichen Armut nicht zahlungsfähig sind. Sollte ihm nicht unser Dank gehören?

Sie war nicht verirrt

Ein Vater und seine sechsjährige Tochter gingen durch die Straßen der großen Stadt, in die sie kürzlich gezogen waren. Fast schweigend bogen sie um eine Ecke nach der anderen. Nach einiger Zeit sah das kleine Mädchen auf und sagte: »Vati, hast du dich verirrt?« Auf ihrem Gesicht stand ein ängstlicher Ausdruck, der ihrem Vater nicht entging.

Statt zu antworten, drückte der Vater seiner kleinen Tochter die Hand ein wenig fester und fragte: »Hast du dich verirrt?«

Ein Lächeln erhellte ihr Gesicht. »O nein, ich bin ja bei dir, Vati!« Damit waren alle ihre Befürchtungen verflogen.

Wie konnte sie sich verirren, solange sie bei ihrem Vater war – oder solange er bei ihr war?

Und wie können Sie und ich uns verirren, solange wir wissen, daß unser himmlischer Vater bei uns ist und wir bei ihm?

Wenn ein neuer Tag wie eine unbekannte Straße vor uns liegt oder eine neue Woche, dann kann uns Furcht überfallen, denn es gibt so viele Ungewißheiten, manche Probleme, viele Gefahren!

Manchmal glauben wir dann auch, wir hätten uns verirrt und seien allein in einer unfreundlichen Welt. Doch wie oft leuchtet uns gerade in solchen Situationen ein Licht auf, und wir erkennen, daß wir nicht allein sind in dieser verkehrten Welt, in der das unterste oft nach oben gekehrt ist.

An der Schwelle eines jeden neuen Jahres, an der Wende unseres Lebensweges wollen wir daran denken, daß unser himmlischer Vater sich nie irrt, und daß wir, seine Kinder, bei ihm allezeit sicher sind.

Mit unserer Hand in der seinen wollen wir mutig das Heute und das Morgen betreten – auch die vielen Morgen, die vielleicht noch vor uns liegen. Denn jeder Morgen gehört Gott. Er läßt uns nicht allein!

Es geschah während einer Kinderfreizeit. Die Kleinen hatten den Auftrag bekommen, ein Bild nach ihrer eigenen Wahl zu malen. Sie erhielten dafür fünfzehn Minuten Zeit.

Nach ein oder zwei Minuten sah Marianne der kleinen Marga, die vor ihr saß, über die Schultern und fragte eifrig: »Was wirst du malen?«

Mit der Unbekümmertheit, deren eine Sechsjährige leicht fähig ist, blickte Marga sie an und erklärte: »Ich male ein Bild von Gott.«

In einem Anflug überlegenen Wissens gab Marianne zurück: »Ach, es weiß doch niemand, wie Gott aussieht!«

Dem konnte die kleine Marga nicht ganz zustimmen. Nachdem sie eine Weile auf ihrem Bleistift herumgekaut hatte, erwiderte sie mit plötzlicher Entschlossenheit: »Sie werden es wissen, wenn ich fertig bin.«

Ich weiß nicht, was Marga am Ende zu Papier gebracht hat. Aber mir gefällt der Gedanke, den sie hatte. Sie war sicher, daß die Kinder um sie herum sich Gott besser vorstellen könnten, wenn sie mit ihrem Bild fertig wäre.

Ist das nicht die Aufgabe eines jeden Christen, den Menschen zu zeigen, wie Gott aussieht?

Paulus sagt, daß wir Briefe Christi seien, »geschrieben nicht mit Tinte, sondern mit dem Geist des lebendigen Gottes, nicht in steinerne Tafeln,

sondern in fleischerne Tafeln des Herzens« (2. Korinther 3,3).

Eine unserer Hauptaufgaben in dieser Welt ist
es, den Menschen durch Worte und Taten zu zeigen, wie Gott ist. Wir sollen ihnen die Tatsachen
der göttlichen Offenbarung mitteilen: Daß Gott
heilig, gerecht und rechtschaffen ist, aber ebenso
auch gnädig, freundlich und gütig durch Jesus
Christus. Wahrscheinlich haben wir nicht Margas
Bleistift in der Hand, aber wir verfügen über ein
Leben, mit dem wir der Welt zeigen können, wie
Gott aussieht.

Kürzlich machte sich der Sohn eines wohlhabenden und angesehenen Bürgers eines schweren Vergehens schuldig. Nicht nur, daß seine Tat die Familie in Schande brachte, sie wurde auch in ein Gerichtsverfahren verwickelt, das ihr Glück ernsthaft gefährdete.

Der junge Mann fragte sich ängstlich, wie sein Vater sich jetzt verhalten würde. Würde er seinem durchaus berechtigten Ärger freien Lauf lassen? Würde er ihn enterben? Würde er sich voller Wut an ihn wenden und ihm seine bösen Verfehlungen vorhalten?

Als der reumütige junge Mann seinem Vater gegenüberstand, tat dieser nichts dergleichen.

»Junge«, sagte der, »ich kann dir die schreckliche Tat, die du begangen hast, nicht nachsehen. Ich verurteile sie mit jeder Faser meines Herzens. Aber ich bin dein Vater und darum entschlossen, die ganze Sache mit dir durchzustehen.«

In ähnlichem, aber ungleich höherem Sinn hat Gott sich über seine irrenden Söhne und Töchter erbarmt. Ihre Übertretungen hat er zwar verurteilt und ihre Sünden verabscheut. Aber in seiner Liebe beschloß er, sich ihrer zu erbarmen. Er wollte nicht nur *mit* seinen eigensinnigen Kindern leiden, sondern *für* sie. Das ist die zentrale Botschaft des Evangeliums Christi: »Gott aber erweist seine Liebe gegen uns darin, daß Christus für uns gestorben ist, als wir noch Sünder waren« (Römer 5,8).

In diesem Satz mag manches geheimnisvoll sein, aber über seine einzigartige Botschaft kann es keine Zweifel geben. Der Gott des Himmels hatte Mitleid mit seinen irrenden Kindern, und er litt durch Jesus Christus, seinen Sohn, an ihrer Statt. In Jesus nahm Gott sich unser an, um uns »hindurchzubringen«. Er bezahlte unsere Schuld, damit wir für immer frei seien. »Er ist um unserer Missetat willen verwundet..., und durch seine Wunden sind wir geheilt« (Jesaja 53,4.5).

Gott mußte das nicht für uns tun, aber er wollte es für uns tun, weil er unser himmlischer Vater ist, der uns liebt.

Wo sind die Predigten?

Der Pastor und seine Frau waren im Studierzimmer eifrig damit beschäftigt, Bücher und Zeitschriften für den bevorstehenden Umzug in das neue Pfarrhaus einzupacken.

Vom Beginn seiner Dienstzeit an hatte der Pastor alle seine Predigtmanuskripte sorgfältig in einzelne Bündel zusammengepackt – für jedes Jahr ein Päckchen mit einer Karte der jeweiligen Jahreszahl obenauf.

Jetzt hielt er die Predigten von 1969, 1970 und 1971 in der Hand. Aber die von 1972 fehlten. Und so fragte er seine Frau mit besorgter Stimme: »Die Predigten vom letzten Jahr – wo sind sie?«

Halb scherzhaft erwiderte seine Frau: »Das habe ich mich auch schon oft gefragt!«

Nicht etwa, daß sie die wirksame Kraft des Evangeliums bezweifelte, aber in manchen Augenblicken hatte sie ihre Bedenken über die nachhaltige Wirkung der Predigten, die ihr Mann gehalten hatte.

Vielleicht haben wir alle uns schon gelegentlich gefragt, was aus den Predigten des letzten Jahres geworden ist, den Predigten, die wir gehört und längst vergessen haben. Wo sind sie?

Wo ist der Sonnenschein des letzten Jahres, der reichlich auf Gärten und Felder fiel? Einerseits ist er dahin. Doch andererseits finden wir ihn wieder im Korn, in den Früchten, im Gemüse. In der

Nahrung, die wir heute zu uns nehmen, erfüllte der Sonnenschein von gestern die ihm übertragene Aufgabe.

Wo sind die Predigten des letzten Jahres? Haben sie erreicht, was sie sollten? Wirken sie noch nach? Gott selber sagt: »So soll das Wort, das aus meinem Munde geht, auch sein. Es wird nicht wieder leer zu mir zurückkommen, sondern wird tun, was mir gefällt, und ihm wird gelingen, wozu ich es sende« (Jesaja 55,11).

Die Gemeinde benahm sich vorbildlich

Der Gottesdienst war einer der zuchtvollsten, die ich je erlebt habe. Die Gottesdienstbesucher saßen aufrecht in ihren Bänken – hellwach und eifrig bemüht, jeden Teil des Gottesdienstes bewußt mitzuerleben.

Sie sangen die Lieder mit Hingabe, sprachen ein lautes Amen zum Gebet, und als der Prediger die Kanzel betrat und seinen Text verlas, richtete sich jedes Auge der Versammelten auf den Mann, der die Botschaft Gottes weitersagen wollte.

Es gab keine Unruhe in den Bänken, keine flüsternde Unterhaltung, kein Gähnen, kein Suchen in den Handtaschen nach Kaugummi oder Hustenbonbon, kein Umschauen danach, ob Tante Johanna oder Onkel Jakob auf der Empore saßen.

Hätten wir den Grund für dieses nahezu perfekte Verhalten nicht gewußt, hätten wir unseren Augen und Ohren nicht getraut. Aber wir kannten den Grund!

An der Rückseite der Kirche wie auf der Empore und in den Ecken des Altarraums standen große Fernsehkameras, und an wichtigen Stellen des Kirchenraumes waren Mikrophone aufgestellt.

Diese elektronischen Augen und Ohren waren auf jeden Gottesdienstbesucher gerichtet (zumindest schien es so), um jede seiner Bewegungen festzuhalten und sie auf den Film zu bannen. Denn genau sechs Stunden später sollte der Gottesdienst zahllosen Fernsehzuschauern gezeigt werden.

Mit diesen fast allgegenwärtigen Augen und Ohren vor und hinter sich zeigte sich jeder Gottesdienstteilnehmer von seiner besten Seite.

Ich mußte denken: Wie anders sähe wohl der durchschnittliche Gottesdienst aus, wenn jeder sich der unsichtbaren Augen und Ohren des Allmächtigen bewußt wäre, die jeden Sonntag gegenwärtig sind!

»Du bist ein Gott, der mich sieht« (1. Mose 16,13) nannte ihn Hagar in der Wüste. Gott sieht jede unserer Taten und vernimmt jeden unserer Gedanken. Wir wollen daran denken, wenn wir nächsten Sonntag zum Gottesdienst gehen.

Das ist nicht unsere Angelegenheit

Es war während der Wirtschaftsflaute der frühen dreißiger Jahre. Eine Mutter und ihr vierjähriges Töchterchen gingen die Straße entlang und trafen dort einen dürftig gekleideten Mann, der an der Ecke stand, seine Kappe hinhielt und um »ein paar Pfennige« bat.

»Ach, Mama«, sagte die Kleine und zog ihre Mutter am Mantel, »wir wollen ihm helfen!«

Die Mutter langte nach der Hand ihrer Tochter, zog sie zu sich und sagte: »Komm, Liebling, das ist nicht unsere Angelegenheit.«

Obwohl die Kleine nicht ganz sicher war, die Begründung ihrer Mutter richtig verstanden zu haben, gehorchte sie. Es dauerte nicht lange, und sie hatte den Mann an der Ecke vergessen; denn ihre Gedanken wurden bald von Spielzeug in den Schaufenstern beansprucht.

Aber als sie am Abend ihr Gebet gesprochen hatte, hielt sie einen Augenblick inne und fügte in kindlicher Unschuld hinzu: »Und bitte, lieber Gott, segne den armen Mann an der Ecke.« Im gleichen Augenblick trafen sich ihre Augen mit denen ihrer Mutter, und sie dachte daran, was die Mutter am Nachmittag gesagt hatte, und ergänzte schnell: »Ach nein, lieber Gott, das ist ja nicht unsere Angelegenheit.«

Wir wissen nicht, was die Mutter in jenem demütigenden Augenblick gedacht oder gesagt hat.

Vielleicht hat sie selbst mit Gott gesprochen, als das Licht gelöscht war.

Ja, die Armen dieser Welt sind Gottes Angelegenheit. Dennoch sind sie ebenso unsere Angelegenheit. Die Millionen Menschen überall in der Welt, die unterernährt, schlecht gekleidet und unwürdig untergebracht sind, die Flüchtlinge und Vertriebenen, die Hilflosen und die Hoffnungslosen, sie alle sind Gottes Angelegenheit und auch unsere.

Der Herr ermahnt seine Leute: »Lasset uns aber Gutes tun und nicht müde werden; denn zu seiner Zeit werden wir auch ernten, wenn wir nicht ablassen. Darum, solange wir noch Zeit haben, lasset uns Gutes tun an jedermann, allermeist aber an des Glaubens Genossen« (Galater 6, 9. 10).

Die Bewohner einer Stadt waren belustigt, aber auch verwirrt, als sie eines Morgens an eine Kreuzung kamen und dort fast ein Dutzend Verkehrsschilder vorfanden, die alle entgegengesetzte Anweisungen gaben. Hinterher fanden sie heraus, daß eine Arbeitskolonne die Schilder an der Ecke abgeladen hatte und auf ein Fahrzeug wartete, das sie an den eigentlichen Bestimmungsort bringen sollte.

Zunächst rief die bunte Schilderansammlung allen ankommenden Fahrzeugen zu: »Links abbiegen verboten!«

Dann: »Nur links abbiegen!«

»Vorfahrtstraße!«

»Nur rechts abbiegen!«

Nicht so erheiternd, sondern unendlich verwirrend ist die Lage für manche Menschen, die nach dem richtigen Weg zum ewigen Heil suchen. Bei über hundert verschiedenen religiösen Gruppierungen allein schon in Deutschland weiß man nicht, welchem »Zeichen« man folgen soll.

Mitten in diesem Durcheinander der Richtungen gibt es jedoch ein »Zeichen«, dem wir mit absoluter Sicherheit folgen können; Jesus hat gesagt: »Ich bin der Weg und die Wahrheit und das Leben; niemand kommt zum Vater außer durch mich« (Johannes 14,6).

Der Weg, der zum Himmel führt, ist nach der

Bibel der Weg der Buße und des persönlichen Glaubens an Jesus Christus. Paulus hat darum erklärt: »In keinem andern ist das Heil, ist auch kein andrer Name unter dem Himmel den Menschen gegeben, darin wir sollen selig werden« (Apostelgeschichte 4, 12).

Der Weg zum Himmel führt immer über Golgatha. Jedes Zeichen, das einen anderen Weg weist, ist falsch. Sind wir auf der Golgatha-Straße?

»Mami, machst du dir Sorgen?«

Frau Fuhrmann war von der unerwarteten Frage überrascht. In der Tür zum Wohnzimmer stand der fünfjährige Erich in seinem Schlafanzug mit einem Gesicht, als hätte er in der ganzen Welt keinen Freund.

Sie hatte ihren Jungen vor einer Stunde ins Bett gebracht und geglaubt, er sei schon längst eingeschlafen. Nun stand er in der Tür, hellwach und offensichtlich beunruhigt.

Sie kam beim besten Willen nicht darauf, was der Junge mit seiner merkwürdigen Frage wollte. Aber bald fand sie heraus, was sein kleines Herz beunruhigte. Als sie ihn vorhin ins Bett brachte, hatte er ihr eins seiner großen-kleinen Probleme offenbart, auf das er bis morgen früh eine Antwort haben müßte.

In echter Mutterart hatte sie ihm versichert, daß alles gut werden würde. Als sie ihn zugedeckt und ihm einen Gutenachtkuß gegeben hatte, hatte sie gesagt: »So, und jetzt schlaf! Überlaß es Mami, sich darüber Sorgen zu machen.«

Eine Stunde war vergangen, und Erich war nicht sicher, ob seine Mutter ihr Versprechen auch hielt. Machte sie sich wirklich »Sorgen« darüber? Hatte sie es vielleicht vergessen? Er mußte sich vergewissern. Und so krabbelte er schließlich aus dem Bett, ging langsam die Treppe hinunter, blinzelte ins Wohnzimmmer und fragte zaghaft: »Mami, machst du dir Sorgen?«

Vielleicht lächeln wir über den kleinen Erich, aber sind wir ihm nicht alle sehr ähnlich? Die Bibel lädt uns immer wieder ein, alle unsere Sorgen, die Nöte und Ängste auf den Herrn zu werfen. Und er versichert uns, daß er für uns sorgen will (1. Petrus 5, 7).

Wir bringen es einfach nicht fertig, Gott beim Wort zu nehmen. Wie oft haben wir nachts wach gelegen, weil wir nicht sicher waren, daß Gott sein Versprechen, für uns zu sorgen, auch halten würde.

Wir wollen nicht vergessen, daß Gottes »Gute Nacht« für den betenden Christen ganz ähnlich ist wie bei Erichs Mutter: »So, und jetzt schlaf! Überlaß es mir, mir über diese Probleme Sorgen zu machen.«

Wenn du das Christuskind sehen willst

Das Weihnachtsfest 1906 schien für Familie Lars Erickson recht freudlos zu werden. Durch schlechte Gesundheit und Arbeitslosigkeit hatte Lars Erickson einen Punkt erreicht, an dem es ihm völlig gleichgültig war, ob es überhaupt Weihnachten wurde oder nicht. Deprimiert und sehr reizbar, war er ein schlechter Gesellschafter für seine Frau Anna und ihre fünfjährige Tochter Greta, die an einem kalten Dezemberabend um den Kohlenofen saßen.

Die kleine Greta saß auf dem Fußboden und war damit beschäftigt, aus Pappkarton mit einer Schere und Klebstoff eine einfache »Krippenszene« zu basteln, die sie auf dem Teppich vor dem Ofen aufstellte, als sie fertig war. »Wie gefällt es dir, Vati?« fragte sie.

»Schön«, antwortete dieser uninteressiert.

»Und wie gefällt dir die Krippe?« fragte sie weiter.

»Kann ich von hier aus nicht sehen«, lautete die mürrische Antwort.

Während Greta ihrem Vater ins Gesicht sah, sagte sie – ohne sich bewußt zu sein, was sie aussprach: »Wenn du das Christuskind sehen willst, mußt du auf die Knie gehen.«

Wie wahr! Aber nicht nur für Lars Erickson, sondern für uns alle. Wenn wir das Christuskind sehen wollen, müssen wir auf unsere Knie gehen.

Gäbe es für Weihnachten eine besondere Seligpreisung, sie würde lauten: »Selig sind, die demütig und bescheiden zur Krippe kommen, denn sie werden den Wunder-Rat, Gott-Held, Ewig-Vater, Friede-Fürst sehen« (Jesaja 9,6).

Jesus kann man nicht erfahren mit einem stolzen, mürrischen Herzen. Wer sich ihm nahen will, muß sich selbst recht einschätzen, das heißt: als Sünder sehen, in Christus aber die Liebe Gottes erkennen, die unser Heil will. Weihnachten gibt es, weil Gott uns liebt.

Während des letzten Krieges lag ein Soldat schwer verwundet in einem provisorischen Feldlazarett. Er benötigte dringend Blut, aber man hatte keine Blutkonserven zur Verfügung. Ein Unteroffizier, mit dem er sich nicht besonders gut verstand, meldete sich freiwillig zur Blutspende, um das Leben des jungen Soldaten zu retten.

Als der Verwundete nach einigen Tagen wieder zu sich kam, wurde ihm erzählt, daß er sein Leben dem Unteroffizier verdanke, dem er bisher immer mit offener Geringschätzung begegnet war.

Der Verwundete wollte seinem Wohltäter danken, doch war der Unteroffizier gerade an diesem Morgen zu einem anderen Frontabschnitt versetzt worden. Es konnte durchaus sein, daß die beiden Männer sich nie mehr wiedersehen würden.

Das Empfinden, das der junge Soldat für den Mann hatte, der ihm sein Blut opferte, gleicht dem Empfinden, das ein Christ Jesus Christus gegenüber hat. »Ihm verdanke ich mein Leben. Ich werde nicht ruhen, bis ich ihm gedankt habe!«

Es gibt eine gottgewirkte Unrast, die das Herz eines Menschen ergreift, dem der Preis seiner Erlösung bewußt ist. Er kann nicht eher Ruhe finden, bis er sich dem ganz hingegeben hat, der sein Leben vom Tod erlöste. Genau genommen ist das Leben eines Christen die dankbare Antwort an den Erlöser. Jede Liebestat, jede Freundlichkeit, alles christliche Handeln ist im letzten Grunde ein Dankeschön an ihn, unseren Herrn, der den Preis für unser Heil bezahlt hat.

Der Apostel Paulus hat das sehr eindrucksvoll gesagt, als er an die Galater schrieb: »Ich bin mit Christus gekreuzigt. Ich lebe; doch nun nicht ich, sondern Christus lebt in mir. Denn was ich jetzt lebe im Fleisch, das lebe ich im Glauben an den Sohn Gottes, der mich geliebt hat und sich selbst für mich dargegeben« (Galter 2, 19. 20).

Sicherlich hätte Paulus seine Liebe an Christus auch mit den Worten des jungen Soldaten ausdrücken können: »Ihm verdanke ich mein Leben. Ich werde nicht ruhen, bis ich es ihm gedankt habe.« Können wir das auch sagen?

Ein gutgekleideter Herr stand vor dem Schaufenster einer Kunsthandlung und betrachtete ein Kreuzigungsgemälde.

Während er dort stand, kam ein kleiner Junge mit beschmutzten Blue jeans und einem zerrissenen Hemd dazu und stellte sich neben ihn.

Der Mann zeigte auf das Bild und fragte den Burschen: »Weißt du, wer das ist, der da am Kreuz hängt?« – »O ja«, kam die schnelle Antwort, »das ist der Heiland.«

Während er sprach, ließen die Augen des Jungen seine Überraschung und sein Bedauern über die Unwissenheit des feinen Herrn erkennen. Dann – nach einer Pause – fügte er mit dem offensichtlichen Verlangen, den Fremden aufzuklären, hinzu: »Das daneben sind die römischen Soldaten«. Mit einem schweren Seufzer erklärte er: »Die Frau, die da weint, ist seine Mutter.«

Nach einem weiteren Augenblick des Schweigens fügte er hinzu: »Sie haben ihn getötet.«

Gemeinsam standen die zwei schweigend vor dem Gemälde, bis endlich der Herr dem Jungen liebevoll das Haar streichelte und davonging. Bald war er in der Menge verschwunden. Als er schon einen halben Häuserblock weiter war, vernahm er hinter sich die schrille Stimme des kleinen Burschen, der sich einen Weg durch die Menge bahnte: »Hallo, Herr! Hallo!«

Der Mann wandte sich um und wartete auf den Jungen.

Ganz außer Atem keuchte der Junge, als er herangekommen war, seine wichtige Nachricht hinaus: »Ich wollte Ihnen noch sagen, er ist wieder auferstanden!«

Was für eine Botschaft!

Ob es der kleine Junge gewußt hat oder nicht, aber nie wieder in seinem Leben würde er eine Nachricht von größerer Wichtigkeit zu überbringen haben. Kein Sputnik, kein Satellit, keine Mondlandung, keine interplanetarische Reise kann jemals eine wichtigere Schlagzeile liefern als die, die seine kindlichen Lippen soeben formuliert hatten: »Hallo, Herr! Er ist wieder auferstanden!«

Eine bedrückte Mutter kam zu ihrem Pastor mit dem erregten Bekenntnis: »Herr Pastor, ich habe die unvergebbare Sünde begangen.«

Der freundliche und kluge Pastor zeigte sich keineswegs überrascht oder erschrocken, sondern fragte mit ruhiger und zurückhaltender Stimme: »Bereuen Sie das?«

»Ja, Herr Pastor, sehr!« lautete die gequälte Antwort der bedrückten Frau.

»Dann haben Sie nichts begangen, was nicht vergeben werden könnte. Es gibt keine Sünde, und sei sie noch so groß, die durch ernsthafte Buße und vertrauenden Glauben an Jesus, unseren Erlöser, nicht vergeben werden könnte.«

Hinter dieser einfachen und beruhigenden Antwort des Pastors stand die volle Autorität der Schrift. Genau genommen war nicht er es, sondern Gott, der zu dem geplagten Gewissen der Frau sprach.

Das ist der große Trost des Evangeliums: Keine Krankheit ist größer als die Möglichkeit der Heilung. »Wo aber die Sünde mächtig geworden ist, da ist die Gnade noch viel mächtiger geworden« (Römer 5,20).

Die Gnade reichte für einen reuigen Petrus, der hinausgegangen war und bitterlich geweint hatte (Matthäus 26,75). Die Gnade genügte für einen geängsteten Paulus, der ausrief: »Ich elender

Mensch!« (Römer 7,24). Es gab genug Gnade für den sündenbeladenen Zöllner, der an seine Brust schlug und rief: »Gott, sei mir Sünder gnädig!« (Lukas 18,13).

Diese Gnade reicht auch für Sie! Wer mit Erschrecken seine eigenen Sünden erkannt hat und sich bittend an Jesus Christus wendet, hat noch immer erfahren, daß Gott einen grenzenlosen Vorrat an göttlicher Gnade besitzt.

Ganz gleich, wer Sie sind, ganz gleich, wie weit Sie sich von Gott und seinem Wort entfernt haben, ganz gleich, wie groß Ihre Sünde sein mag; das Wort des Heilands gilt auch für Sie: »Wer zu mir kommt, den werde ich nicht hinausstoßen« (Johannes 6,37).

Vertraute Dunkelheit

Die kleine neunjährige Bärbel verbrachte das Wochenende bei Tante und Onkel. Es war das erste Mal, daß sie über Nacht von den Eltern fort war.

Sie hatte den ganzen Tag über herumgetollt und jede Minute genossen. Mit großer Freude hatte die Tante ihr nun eine Gutenacht-Geschichte vorgelesen, mit ihr gebetet, sie zugedeckt und ihr einen Gutenacht-Kuß gegeben. Als sie das Zimmer verließ, flüsterte sie: »Schlaf gut!« und knipste das Licht aus.

Ein Weilchen später ging die Tante noch einmal am Zimmer vorbei. Sie meinte, ein verhaltenes Schluchzen zu hören. Schnell öffnete sie die Tür und fand, daß das Kind herzzerbrechend weinte: »Nanu, was ist denn, Bärbel?«

»Ich fürchte mich vor dem Dunkeln«, erklärte das Kind.

»Aber, Bärbel, du schläfst zu Hause doch auch immer im Dunkeln«, versuchte die Tante sie zu beruhigen.

»Ja, aber das ist mein Dunkel, das ich kenne«, schluchzte das Kind.

»Ihr« Dunkel war anders! Die Dunkelheit in ihrem eigenen Zimmer hatte für sie nichts Furchterregendes, weil sie wußte, was bei Licht in ihrem Zimmer war: Ihre Puppe, ihr Teddybär, ihr Schaukelstuhl, ihre Spielzeugkiste. Das alles war auch in der Dunkelheit noch da und umgab sie bei

Nacht ebenso wie am Tag. Deswegen hatte sie keine Angst vor ihrer Dunkelheit.

Was für ein treffendes Bild für das glaubende Gotteskind inmitten der Dunkelheit. Jeder von uns muß die Nacht eigener Nöte durchleben, die Nacht belastender Sorgen, Versuchungen und Leiden. Aber wenn wir Christus ansehen, brauchen wir unsere Dunkelheit nicht zu fürchten, denn mitten in der Dunkelheit sind wir uns seiner tröstlichen Gegenwart bewußt, die unser Auge so oft gesehen hat – in der Finsternis wie im Licht.

Wir wissen, daß er auch dann bei uns ist, wenn es dunkel wird. Ja, gerade dann dürfen wir seiner Gegenwart gewiß sein; denn »ob ich schon wanderte im finstern Tal, fürchte ich kein Unglück; denn du bist bei mir« (Psalm 23). Gott hat uns versichert: »Ich will dich nicht verlassen noch versäumen« (Hebräer 13, 5). Brauchen wir uns dann je zu fürchten?

Stanley Jones berichtete, daß er einmal mit dem Flugzeug von Frankreich nach Indien flog. Am frühen Morgen verließ er Marseille und landete zum Auftanken auf Korsika. Er wurde daran erinnert, daß von dieser Insel Napoleon ausgezogen war, um die Welt zu erobern.

Sein Mittagessen nahm er in Neapel ein. Dabei gingen seine Gedanken zurück zu den Soldaten, die von hier ausgezogen waren, um sich die Erde zu unterwerfen.

Gegen Abend war er in Griechenland. In Gedanken sah er vor sich Alexander den Großen, der von diesem alten Kulturland aus als Welteroberer seine Armeen weit in fremde Länder geführt hatte.

Am nächsten Tag überflog er Assyrien und Babylon, von wo mächtige Herrscher ausgezogen waren und die Welt erschüttert hatten.

Als er alle diese Länder überflog – so berichtete er –, fesselte ihn plötzlich der Gedanke, daß jedes einzelne dieser gewaltigen Weltreiche mit seinen mächtigen Diktatoren vergangen ist. In jedem Reich hatte schon die Saat zu seinem Niedergang gelegen – die Saat menschlicher Sünde.

Nur ein Reich, das in einem Land begonnen hatte, über das er auch hinweggeflogen war, hatte überdauert: Es ist das Reich, das seine unscheinbaren Anfänge in dem unbedeutenden Land Palästina, in der kleinen Stadt Bethlehem hatte. Sein König wurde in einem Stall geboren, später von den Menschen verworfen und ans Kreuz genagelt, doch er regiert immer noch: im Himmel unter seinen Engeln, auf Erden in seiner Gemeinde.

Napoleon, Alexander und Cäsaren kamen und gingen. Diktatoren, Despoten, Eroberer marschieren immer noch über unsere Erde, aber jeder hat nur seinen kleinen Tag.

Doch von dem Kind, das in Bethlehem geboren wurde, hat Gott selbst gesagt: »Der wird groß sein und ein Sohn des Höchsten genannt werden... und seines Reiches wird kein Ende sein« (Lukas 1, 32. 33).

Der kleine Bernd hatte auf der Veranda gerade etwas Farbe verschüttet. Er hatte das nicht gewollt, aber nun war es doch passiert!

»Was wird dein Vater dazu sagen?« fragte sein erschrockener Spielkamerad.

»Ach – der versteht das«, lautete Bernds zuversichtliche Antwort. Und er hatte recht. Sein Vater »verstand« und verzieh ihm bereitwillig.

Wer versteht uns schließlich besser als unser Vater oder unsere Mutter? Wer wäre eher bereit als sie, uns zu vergeben, wenn wir gefehlt haben, oder unsere Vergehen mit dem Mantel der Barmherzigkeit zu umgeben?

Das Vaterherz bedenkt die Begrenzungen des Kindes, und das führt zu Liebe und Erbarmen.

Ebenso ist es mit unserem himmlischen Vater. Der Psalmist sagt: »Er handelt nicht mit uns nach unsern Sünden und vergilt uns nicht nach unsrer Missetat. Denn so hoch der Himmel über der Erde ist, läßt er seine Gnade walten über denen, die ihn fürchten. So fern der Morgen ist vom Abend, läßt er unsre Übertretungen von uns sein. Wie sich ein Vater über Kinder erbarmt, so erbarmt sich der Herr über die, die ihn fürchten. Denn er weiß, was für ein Gebilde wir sind; er gedenkt daran, daß wir Staub sind« (Psalm 103, 10–14).

Er kennt unsere Begrenzung; er weiß, daß wir schwach sind und irren, daß wir sündigen. Deswegen bietet er uns sein Heil an. In Christus und seinem Versöhnungswerk haben wir alles, was das liebende Vaterherz geben kann: Vergebung der Sünden heute und an jedem Tag und ewiges Leben bei Gott.

Welcher Friede, welche Freude, welche Zuversicht, daß wir wissen dürfen, wir haben einen Vater, der uns versteht, der uns mit Namen kennt und der uns vergibt, weil er uns liebt!

Es geschah vor vielen Jahren. Eine Gruppe gebildeter Leute hatte sich im Haus eines Freundes zu einem geselligen Abend zusammengefunden. Unter ihnen war ein bekannter Schauspieler jener Tage.

Im Verlauf des Abends wurde der Schauspieler gebeten, etwas vorzutragen. Er erfüllte die Bitte, indem er den 23. Psalm las. Alle waren von seiner tiefen, vollen Stimme, der klaren Aussprache und ausgewogenen Betonung beeindruckt. Das war wirklich ein Künstler!

Als er geendet hatte, bat er einen anwesenden älteren Geistlichen, ebenfalls den Psalm zu lesen. Schüchtern lehnte dieser ab. Aber er erbat sich die Erlaubnis, einige Verse zu erklären, auf ihren historischen und geographischen Hintergrund hinzuweisen und sie im Licht der neutestamentlichen Erfüllung durch Jesus Christus zu deuten.

Als der Pastor den wunderschönen Psalm auslegte, wurde er immer mehr von seiner Botschaft erfaßt. Am Ende zitierte er – fast unfreiwillig – den ganzen Psalm noch einmal als demütiges Bekenntnis seines Herzens. Bewegend war die Zuversicht, mit der er die Worte wiederholte: »Und ob ich schon wanderte im finstern Tal, fürchte ich kein Unglück, denn du bist bei mir, dein Stecken und Stab trösten mich.«

Das Licht des Glaubens leuchtete in seinen Augen, als er schloß: »Gutes und Barmherzigkeit werden mir folgen mein Leben lang, und ich werde bleiben im Hause des Herrn immerdar.«

Die Gesellschaft war völlig verstummt. Alle hatten gespürt, daß zwischen den beiden Darbietungen ein großer Unterschied bestand. Spät am Abend stellte es einer der Teilnehmer fest, indem er sagte: «Der Schauspieler kannte den Psalm, aber der Pastor kannte den Hirten.«

Mehr folgt!

Von einem verstorbenen wohlhabenden Mann wird erzählt, daß er genaue Anweisungen über die Verteilung seines Besitzes hinterlassen hatte. Unter anderem sollte seine Frau einem armen Pastor, der sich mit großer Freundlichkeit der Familie angenommen hatte, eine bestimmte Summe überweisen.

Die Witwe dachte bei sich, daß es vielleicht besser wäre, dem Pastor in regelmäßigen Raten immer nur etwas von dem Geld zu schicken. So sandte sie ihm fünfzig Mark und legte einen Zettel in den Umschlag, auf dem stand: »Mehr folgt.«

Ganz regelmäßig fand der alte Herr alle zwei Wochen die gleiche Geldsumme in seinem Briefkasten, und jedesmal enthielt sie die Mitteilung: »Mehr folgt.«

»Mehr folgt!« Das ist das unfehlbare Versprechen Christi an jene, die ihm glauben. Die Segnungen, die wir heute empfangen, sind nur ein Angeld für das, was wir morgen bekommen werden. Und auch das, was wir morgen empfangen, trägt die Aufschrift: »Mehr folgt.« Seine Barmherzigkeit ist alle Morgen neu.

Der Evangelist Johannes spricht in seinem Evangelium vom unerschöpflichen Reichtum Christi und sagt: »Von seiner Fülle haben wir alle genommen Gnade um Gnade« (Johannes 1,16), wörtlich: »Gnade auf Gnade.« Die Güte Christi ergießt sich in uns wie die Wogen der See. Während die eine anrollt, ist die andere schon dicht dahinter – und danach wieder eine und noch eine. »Gnade auf Gnade.« Die Möglichkeiten und die Bereitschaft Christi, unsere geistlichen und materiellen Nöte zu stillen, sind unbegrenzt und unendlich.

Es gibt keine Not in unserem Leben, ob groß oder klein, die Christus nicht kennt und der er nicht abhilft, wenn es für unser ewiges Wohlergehen nötig ist. »Mein Gott aber wird ausfüllen all euren Mangel nach seinem Reichtum in der Herrlichkeit in Christus Jesus« (Philipper 4,19).

Da wir solch einen reichen Herrn haben, brauchen wir nicht zu fürchten, daß seine Güte und Gnade einmal versiegen könnten. Aus seiner Hand haben wir empfangen und werden wir weiterhin empfangen »Gnade auf Gnade.« Solange Himmel und Erde stehen, wird es heißen: »Mehr folgt.«

Ein Mann, der von einer Küste der Vereinigten Staaten zur anderen marschiert war und dabei viele Tausend Kilometer zurückgelegt hatte, wurde gefragt, was dabei am schwersten zu ertragen gewesen sei. Zur Überraschung des Fragestellers waren es nicht die hohen Berge oder die blendende Sonne oder die sengende Wüstenhitze gewesen, die ihm zu schaffen gemacht hatten, sondern: »Es war der Sand in meinen Schuhen.«

Häufig sind es die kleinen Dinge im Leben, die es so schwermachen, den christlichen Glauben in die Tat umzusetzen. Die großen Bewährungsproben des Lebens – Krisensituationen, schwere Krankheiten, Tod und Verlust – tragen irgendwie dazu bei, uns emporzuheben und uns näher zu der Quelle geistlicher Kraft zu bringen, nämlich zu unserem Heiland Jesus Christus.

Wie uns doch die kleinen Proben plagen! Und wie sie uns immer wieder dazu bringen, zu stolpern und zu fallen. Die kleinen Erregungen zu Hause, die endlosen Quälereien in der Werkstatt oder im Büro, die kleinen Reibereien mit den Nachbarn, die Querulanten in der Gemeinde – das ist »der Sand in unseren Schuhen«, der uns aufreibt und unsern Glauben strapaziert.

Und doch wissen wir, daß das nicht sein sollte. Gerade in der Auseinandersetzung mit diesem »Sand-in-den-Schuhen-Ärger« sollten wir als

Christen Liebe üben, die »langmütig und freundlich« ist (1. Korinther 13, 4). In der Art und Weise, in der wir mit diesen kleinen, aber beständigen Schwierigkeiten fertig werden, zeigen wir unsere christliche Geduld – oder ihr Fehlen.

Aber woher soll man die Geduld, die geistliche Stärke nehmen, um dieser aufreibenden Schwierigkeiten Herr zu werden? Von ihm, der uns gerufen hat, ihm nachzufolgen – unserm großen Vorbild der Geduld und Nachsicht: Jesus Christus. Nur wer es gelernt hat, jede Stunde, jeden Augenblick des Tages mit Christus seinen Weg zu gehen, wird es auch lernen, die stündlichen Schwierigkeiten des Lebens zu bewältigen.

Haben wir es zugelassen, daß uns die kleinen Dinge unterkriegen, unser Familienglück zerstören, unsere Pläne vereiteln, uns zur Sünde verführen? Dann laßt uns im Namen Jesu um Vergebung bitten – und um ein größeres Maß jener Liebe, die langmütig und immer freundlich ist. Gott will sie uns schenken.

Gibt es in Ihrem Leben eine Murmel?

Der kleine Norbert zitterte vor Angst, denn er hatte seine Hand in Mutters wertvolle Vase gesteckt und konnte sie nicht wieder herausziehen.

Da seine Mutter ihm auch nicht helfen konnte, hatte sie die Nachbarn gerufen und ihnen die mißliche Lage ihres Jungen geschildert. Hilfsbereit war ein Nachbar herübergeeilt und hatte sich fast zehn Minuten lang um Norbert bemüht – aber ohne Erfolg.

Endlich fragte einer den Jungen, ob er seine Faust in der Vase aufgemacht habe, weil dann die Hand schlanker sei und leichter herausgezogen werden könne. »Nee«, schluchzte der verängstigte Junge, »dann würde ich ja meine Murmel verlieren!«

Es gibt viele Menschen, die viel älter als Norbert sind, aber ebenso töricht. Sie möchten alles haben, was der christliche Glaube anzubieten hat: Gottes Vergebung, Frieden und Zufriedenheit, Gewißheit des ewigen Lebens. Aber sie wollen die »Murmel« in ihrer Hand nicht loslassen.

Die »Murmel« mag sündiger Stolz oder Eigenliebe sein, Selbstgerechtigkeit oder Liebe zum Geld, schlechte Gesellschaft und gottlose Freunde oder irgendeins der tausend verschiedenen Dinge, die der Gemeinschaft eines Menschen mit Gott im Wege stehen.

Das Tragische ist, daß viele diese »Dinge« nicht

loslassen wollen. Genauso wie der kleine Norbert weigern sie sich, die Hand zu öffnen, weil sie ja sonst ihren »Schatz« verlieren würden. Damit setzen sie aber ihre ewige Rettung aufs Spiel.

Gibt es in Ihrem Leben eine Murmel, die Sie längst hätten loslassen sollen? Irgendeine Gewohnheitssünde, die Sie nie ganz gelassen haben und die Ihr geistliches Leben gefährdet?

Die Bibel sagt uns, was wir mit den »Murmeln«, die unsere Hände noch festhalten, tun sollen: »Lasset uns ablegen alles, was uns beschwert, und die Sünde, die uns ständig umstrickt, und lasset uns laufen mit Geduld in dem Kampf, der uns verordnet ist, und aufsehen auf Jesus, den Anfänger und Vollender des Glaubens« (Hebräer 12, 1).

Sir James Simpson, ein weltberühmter Naturwissenschaftler, wurde gefragt: »Was würden Sie als Ihre größte Entdeckung bezeichnen?«

Er erwiderte darauf: »Daß ich ein Sünder bin und daß Christus mein Heiland ist.«

In einer Zeit der Wasserstoffbomben und Sputniks mag diese »größte Entdeckung« nicht so aussehen, als hätte sie Bedeutung. Und doch ist es die größte Entdeckung, die ein Mensch machen kann.

Für jeden von uns erreichbar hat Gott eine Kraft gegeben, die den Unterschied zwischen Himmel und Hölle ausmacht. Diese Kraft wurde uns auf einem kleinen Hügel außerhalb der Stadt Jerusalem vor etwas mehr als 1900 Jahren zugängig gemacht.

Dort trafen die Kräfte des Himmels und der Hölle aufeinander, und die Mächte der Hölle wurden überwunden.

Als der Sohn Gottes, unser Heiland, an Stelle der Sünder starb, war die höllische Macht Satans für immer gebrochen, und die »Kraft Gottes zur Rettung« wurde allen Menschen zugänglich. So bezeichnet Paulus das Evangelium von Christus: »Die Kraft Gottes, die da selig macht alle, die daran glauben« (Römer 1,16).

Millionen von Menschen haben sich durch die Jahrhunderte zu dieser Kraft bekannt, die in ihr Leben trat, es reinigte und von den bösen Mächten löste, indem sie ihr Vertrauen auf die Botschaft vom Kreuz setzten, auf Jesus Christus selbst.

Die alles überragende Frage in unserem Leben lautet darum: »Haben wir für uns persönlich diese große Entdeckung gemacht? Haben wir Kontakt mit der Kraft Christi?« Wir können das haben, indem wir Jesus als unseren Heiland und Herrn anerkennen. Die Bibel sagt: »Wie viele ihn aber aufnahmen, denen gab er Macht, Gottes Kinder zu werden, die an seinen Namen glauben« (Johannes 1, 12).

In einer Zeit der H-Bombe und der von Menschen gebauten Satelliten bleibt die persönliche Entdeckung von Sir James Simpson die größte: »Daß ich ein Sünder bin und daß Christus mein Heiland ist.«

Haben wir diese Entdeckung schon gemacht?

Rufe mich!

Ein junger Mann verbrachte seinen ersten Arbeitstag in einer großen Fabrik. Alles lief prima bis kurz nach dem Mittag, als die Maschine, die er bediente, plötzlich ungewohnte Geräusche von sich gab.

Eifrig darauf bedacht, seine technischen Fähigkeiten unter Beweis zu stellen, begann er, an der Maschine herumzuprobieren. Das Ergebnis war, daß sie endgültig stehenblieb. Was er auch tat, nichts setzte die Räder wieder in Bewegung.

In dem Augenblick kam der Vorarbeiter.

Der junge Mann – etwas verdattert, aber mit der Absicht, sein Handeln zu verteidigen – erklärte seinem Vorgesetzten genau, was er getan hatte. Er zuckte mit den Schultern und fügte hinzu: »Schließlich habe ich mein Bestes getan.«

»Junger Mann«, erwiderte der erfahrene Vorarbeiter, wobei er dem vorlauten Neuling offen in die Augen schaute, »das Beste, was Sie hier tun können, ist: Rufen Sie mich!«

Was für eine Lebenslektion!

»Das Beste, was Sie tun können: Rufen Sie mich!« Wie oft mußte unser himmlischer Vater uns schon an diese demütigende und doch stärkende Tatsache erinnern! In unserem törichten Stolz meinen wir manchmal, wir täten unser Bestes, wenn wir unsere eigene, kümmerliche Weisheit auf die schwierigen Probleme des Lebens anwenden. Dabei vergessen wir, daß es in den verwirrenden Anfechtungen und Versuchungen des Lebens immer das Beste ist, ihn, unsern Vater im Himmel, zu rufen.

»Rufe mich an« (Psalm 50, 15), ist immer noch Gottes Einladung an alle seine Kinder. »So will ich dich erretten«, ist immer noch seine Zusage. «Und du sollst mich preisen«, ist immer noch seine Erwartung.

Wie oft am Tage rufen wir wirklich ihn, der uns so freundlich versprochen hat, zu helfen? »Betet ohne Unterlaß« (1. Thessalonicher 5, 17) ermahnt uns die Schrift.

Unser Herr will uns wissen lassen, daß keiner von uns sein Bestes tut, der nicht ständig ihn ruft.

Aber auch das will er uns sagen: Wem es eine Selbstverständlichkeit ist, ihn anzurufen, der wird jederzeit sein Bestes tun.

Der lange Blick

Nach der Ermordung Abraham Lincolns wurde sein Leichnam aufgebahrt. Eine lange Prozession von Trauernden zog an seinem Sarg vorüber. In der großen Schar befand sich auch eine ältere farbige Frau mit ihrem vierjährigen Enkelsohn, der sich fest an ihre Hand klammerte.

Als sie an die Bahre des großen Staatsmannes kamen, blieb die alte Frau lange Zeit regungslos davor stehen und blickte auf die leblose Gestalt ihres ermordeten Wohltäters, wobei ihr heiße Tränen über die Wangen liefen.

Dann bückte sie sich und hob den kleinen Jungen hoch, damit auch er den toten Präsidenten sehen konnte. Während sie sich die Tränen aus den Augen wischte, sagte sie zu dem Kleinen: »Liebling, wirf einen langen Blick auf den Mann. Er starb für dich.«

Tatsächlich! Genau das war geschehen. Lincoln hatte sein Leben gegeben, damit der kleine Junge – und Millionen anderer gleich ihm – in Menschenwürde und Freiheit leben können.

In unendlich tieferem Sinn hält die Christenheit besonders am Karfreitag inne, um »einen langen Blick« auf den einen zu werfen, der sein Leben gab, damit alle Menschen frei würden – nicht nur frei von irdischen Zuchtmeistern, sondern frei von der Sklaverei der Sünde und des Todes.

Der Mann am Kreuz, der unsere Aufmerksam-

keit auf sich zieht, ist niemand anders als der Sohn
Gottes, der uns liebt und sich selbst für uns gab –
das Lamm Gottes. Jesus starb, damit wir für alle
Zeit von der Schuld, der Macht des Bösen frei
sind. Er starb »für unsere Sünden« (1. Korinther
15, 3).

Sollte es nicht selbstverständlich sein, Zeit zu
haben für einen dankbaren, andächtigen »langen
Blick«? Nicht nur zu einem Blick im Vorbeigehen,
sondern zu einem Blick der Reue, des Glaubens,
der Liebe, einen Blick der bedingungslosen Über-
gabe.

> Drum sag ich dir von Herzen
> jetzt und mein Leben lang
> für deine Pein und Schmerzen,
> o Jesu, Lob und Dank,
> für deine Not und Angstgeschrei,
> für dein unschuldig Sterben,
> für deine Lieb und Treu.

Der kleine Georg-Heinrich hatte Schwierigkeiten, sein Gebet zu formulieren. Mannhaft hatte sich der dreijährige Knirps mit einigen »dicken Worten« aus dem Gebet herumgeschlagen, das ihm seine Mutter beizubringen versuchte. Aber irgendwie waren diese Worte für seine Lippen zu schwer.

Nach wiederholten vergeblichen Versuchen kam er zu dem Schluß, sein Bestes getan zu haben. Er holte tief Luft, rasselte eine Kette von unverständlichen Lauten herunter und erklärte seiner Mutter ganz zuversichtlich: »Jesus kann daraus ein Gebet machen!« Ich weiß nicht, was seine Mutter ihm zur Antwort gab, aber mindestens in einer Hinsicht war seine unerwartete Bemerkung richtig. Jesus kann aus wortlosen Bitten Gebete machen, und er kann sie beantworten, ehe wir unsere Gebete in richtige Worte kleiden.

In seinem Brief an die Römer sagt Paulus: »Desgleichen hilft auch der Geist unsrer Schwachheit auf. Denn wir wissen nicht, was wir beten sollen, wie sich's gebührt; sondern der Geist selbst vertritt uns mit unaussprechlichem Seufzen« (Römer 8, 26). Mit anderen Worten: Gottes Heiliger Geist kennt die innersten Wünsche unseres Herzens, selbst solche, die wir nicht in Worte fassen können, und er trägt auch solche unausgesprochenen Bitten vor den Thron der Gnade.

Manchmal sind wir geneigt, die Kraft des Gebetes nach der Schönheit seiner Worte zu beurteilen, nach dem abgewogenen Tonfall oder sogar nach der Beredsamkeit dessen, der es spricht. Natürlich ist dagegen nichts zu sagen, daß wir unsere Anliegen in der besten Ausdrucksweise Gott bringen, besonders dann, wenn unser Gebet im öffentlichen Gottesdienst gesprochen wird. Für unseren Gott ist das Beste gerade gut genug. Aber nicht die Sprache entscheidet über die Vollmacht des Gebets! Vielmehr ist es der Geist Gottes, der in unserem Herzen wohnt und unsere innersten Wünsche und Bitten kennt. Er bringt sie mit »unaussprechlichem Seufzen« vor Gottes Thron. Gott selber ist es, der aus unserem undeutlichen Stammeln »ein Gebet machen kann«.

Darum sollten wir unser Herz allezeit seinem Geist offenhalten!

> Dein Geist kann mich bei dir vertreten
> mit Seufzern, die ganz unaussprechlich sind;
> der lehrt mich recht gläubig beten,
> gibt Zeugnis meinem Geist, daß ich dein Kind
> und ein Miterbe Jesu Christi sei,
> daher ich: »Abba, lieber Vater!« schrei.